我不愿向这个世界投降

U1020885

沈善书
沐溪　等／著
SHENSHANSHU
MUXI　etc.
WORKS

作家出版社

图书在版编目（CIP）数据

我不愿向这个世界投降/沈善书、沐溪等著. --
北京：作家出版社，2015.5
ISBN 978-7-5063-7882-6

Ⅰ. ①我… Ⅱ. ①沈… Ⅲ. ①散文集－中国－当代
Ⅳ. ①I267

中国版本图书馆CIP数据核字（2015）第053456号

我不愿向这个世界投降

作　　者：沈善书 沐溪等
责任编辑：张　平
装帧设计：粉粉猫
出版发行：作家出版社
社　　址：北京农展馆南里10号　　**邮　　编**：100125
电话传真：86－10－65930756（出版发行部）
86－10－65004079（总编室）
86－10－65015116（邮购部）
E-mail：**zuojia@zuojia.net.cn**
http://www.haozuojia.com（作家在线）
印　　刷：北京凯达印务有限公司
成品尺寸：143×208
字　　数：164千
印　　张：8
版　　次：2015年5月第1版
印　　次：2015年5月第1次印刷
ISBN　978-7-5063-7882-6
定　　价：32.80元

作家版图书，版权所有，侵权必究。
作家版图书，印装错误可随时退换。

Foreword 1—

有些路很远，走下去会很累，
可是，不走，会后悔。
有些话，说了会打击你，
可是，不说，我过意不去。

如果你一无所有，那你怕什么呢？
你已经无可失去。
如果你身处逆境，那你怕什么呢？
你已经无可退却。

追逐自己想要的生活，
不要向这个莫名其妙的世界投降。

—Foreword 2

我不喜欢妥协，

我只是坚持那个被人嘲笑过很多遍的梦想；

我不喜欢防卫，

我只是喜欢和不公的命运对峙抗衡；

我不喜欢孤独，

我只是不想过那种人云亦云的生活。

我不想和我不喜欢的一切握手言和，

即便这样，我也希望永远被世间的温暖所护持。

Foreword 3—

这善变的世界，难得有你。

你不是别人人生的试验品，

你要走出自己的人生，

好好对自己，不要寂寞、不要遗憾、不要后悔。

不去尝试，又如何知道自己不行，

每一次的出发，都是向自己宣战。

我什么都怕，唯一不怕的就是挫折。

我是这样活过来的，你看着办。

• Contents

Part 1

我不愿向这个
莫名其妙的
世界投降

目 录 •

Part 2

独立，从一个人旅行开始

• Contents

Part 3

一个人
也要
好好吃饭

目 录 •

Part 4

陪伴是最长情的告白

• Contents

Part 5

找一个
温暖的人，
过一生

Part 1

我不愿向这个莫名其妙的世界投降

我依然愿意像那个幼稚的少年一样相信梦想，相信感情，相信善良，相信真诚，相信努力，相信所有美好的事物，因为我就是这样一个人，就是想成为一个这样的人。这个世界它可以折磨我，伤害我，甚至毁灭我，但绝对别想改变我。

Part 1

“世界很美好，值得你为之奋斗”，我只同意后半句

陈亚豪

致每一个曾因为这个世界感到迷茫，
因为这个世界差一点放弃自己的你。

小学二年级时，有天我穿了一双新鞋来上学。鞋子不贵，只是因为是一双新鞋，所以显得很光鲜。小的时候，我们很容易满足，因为一件新衣服，一个新玩具，老师和叔叔阿姨们的一个微笑，就会感到心里甜甜的，觉得树很绿、天很蓝，这个世界真美好。

同桌是一个小女孩，那天她穿着一双很旧的白色网球鞋，鞋子上布满了污渍和灰尘，这双鞋从我坐在她旁边时她便一直没换过，来到教室的时候她看着我脚下的鞋对我说，鞋子真好看。下课时一些小伙伴来看我的新鞋子，我心里开心又骄傲。可我注意到同桌的小女孩一整天总是在把自己的脚往椅子后面缩，她显得很不自在。

晚上回到家，我把鞋子脱下来对妈妈说：“这双鞋我不穿了，有点挤脚。”妈妈诧异地过来问我：“怎么会挤脚呢？你今天早上穿的时候不是很合适吗？”我把鞋子踢一边，“就是不合脚，明天我要穿那双旧球鞋”。妈妈拗不过，也没再说什么。

晚上我跑到妈妈身边问：“为什么我有新鞋子，可同桌的小女孩总是穿同一双鞋？”

妈妈豁然开朗地看着我，好像明白了我的小心思，摸了摸我的头：“这个世界就是这样，有很多人有你没有的东西，也有很多人没有你有的东西。”

我一下很伤感。“这个世界真差劲！”我冷冷地说。

妈妈问：“那你想些做什么呢？”

“我想做一个好孩子,起码给这个差劲的世界带去一点点美好。”

“谢谢你。”妈妈突然很认真地对我说。

一晃十多年过去了，如今我才知道当时那个小屁孩的自己吹了一个多大的牛皮，也明白了妈妈那句认真的谢谢。

童年和少年时代，我们都生活在一个小小的世界，那个小小的世界里总是快乐大于悲伤，因为天真的我们总是能第一时间感知到快乐，单纯的我们总是自然地过滤和忘记那些不快乐。而外面那个大大的世界，那个阴暗、现实、复杂、光怪陆离的世界好像总与我们无关紧要，遥不可及。

我们曾经都相信过这个世界很美好，即便看到新闻里说那些非洲的孩子们每天光溜着身子饿得像一根树枝，即便看到邻居家的孩子每天都穿着靓丽的新衣服，用着最精美的文具。**因为不公平和现实这个东西，往往只有真正砸到自己身上我们才会切肤地感受到它的疼痛。**因为不谙世事的我们，心里总隐约怀有一个信念，我可以靠自己的努力获得自己想要的。好像只要有梦和汗水，我们就可以拥抱全世界。

可是这个世界究竟是什么样子，如今我们的心里都已经有了一份自己的答案，一份和过去不同的答案。

长大后的我们都无法逃避这个世界一次又一次的中伤，它总要摧枯拉朽般地打破我们曾经相信的所有美好，以不可抗拒的力量推翻我们过去所有倔强的信仰。然后，重建我们对人生和这个世界的价值观，很多人，重建之后的价值观都被阴暗和现实占领得片甲不留。我们无奈，失落，彷徨，我们不敢直面，更不知该如何反抗。

上周一个学弟给我打来电话，话音里带着一丝哭腔："哥，我实习转正被淘汰了。被录用的全是有背景的，我们这些人就是当炮灰的，做牛做马地干了半年，结果就是给人家当廉价劳动力，给那些二代当垫脚石，这个社会太黑暗了。”

我脑子一蒙，一时不知该如何安慰他，手头上又有事要忙，只能在电话这头做一个认真的倾听者。

后来他在电话里一直重复着“这个社会太现实了，我不想再像以前一样去拼了，结果都他妈是一样”。挂电话的时候他的声音已经有些歇斯底里。

上个月网上有一篇传得很火的帖子《寒门再难出贵子》，内容是一个年过中旬的人在尝尽社会辛酸后的一番感慨，五万字的内容，就是用自己看到过的不同事例来阐述一件事，这个社会是由无数种残酷和现实编织而成的，一个家境一般、身无背景的青年最终都会被打击得一无是处，大多的结局就是向命运和现实低头，做好成为一辈子小人物的准备，然后生活在对二代们的羡慕和自己惨淡人生的唏嘘中。

一些读者和朋友在网上 @ 我这篇文章，问我看完之后的想法，我一直没有回应。

我知道他们是想从我这里得到一些不一样的答案，比如这个世界并没有那么糟糕，这个社会还没有现实到一无是处；比如只要拼尽全力，我们还是可以像年少时坚信的那般，拥抱自己的未来。

我知道，他们只是想给自己找一点这个世界还值得我们奋斗下去的理由。

可我不想像那些青春励志文章作者一样，挥手写上一两句充满爱的话语让你再次对这个世界寄予无限期望。那些短暂的鸡血言语经不起探究，更抵挡不住现实的冲击。

这个世界美好吗？远远不够美好。这个世界很现实吗？非常的现实。

即将大学毕业的那段时间就像是现实和美好的分水岭，仿佛身边每天都在上演着血淋淋的电视剧，现实得一刀刀戳进心里。同宿舍的W，四年里从不敢落下一节课，每天小心翼翼全力以赴地学习、成长自己，生怕因为一时懒惰葬送了未来，可结果只找到了一份得过且过的工作，廉价的劳动力，底层的工作环境，交了房租后连饭钱都要精打细算，每天扛着疲惫的身躯回来，为了面子，又好像是安慰自己似的笑着说“其实还不错”；而同宿舍的G，挥霍了全部四年时光的人，除了泡在不同的游戏里就是躺床上睡觉，却早早靠家里的条件定下了一份优越的工作，无忧无虑地拥抱着自己光鲜的未来。

W 有天喝多回来，搂着我哭了很久，他看着我说：“我以前总热血地告诉自己，毫不费力的背后一定是非常努力，可现实告诉你，毫不费力的背后也许就是毫不费力。”

当这讽刺现实的一幕就发生在自己的眼前时，我们谁都无法再像年少时那般对这个世界充满热爱和希望，逐渐走出那个年少时小小的世界的你，一定也亲眼目睹过身边这些现实的一幕幕，也许比我看到的还要残酷，还要让人对这个世界感到茫然。

可这不过是刚刚拉开序幕而已，当我们还在感叹他人的人生时，自己也早已在不知不觉中被一把拽入了这部叫作现实的影剧，充当着下一个被这个世界中伤的角色，而后你经历过的和即将要经历的，也许远远要比这些残忍得多。

就像我在文章前面写的，**曾经我们都以为那个现实和残酷的世界还离自己还很远很远，可当有一天它就发生在眼前，当它真的猛地砸到自己身上时我们才知道它有多痛，才知道在它面前自己渺小得有多么不堪一击。**

很多人，就是从一出生就拥有你用一生的努力都无法抵达的起跑线，无论你再拼命，再怎么优秀，都会遇见一个比你更优秀的人。这个世界，有太多赤裸裸的不公平，那些黑幕下的权力、金钱的交易，那些靠背景、算计、虚与委蛇获得成功的人就这样不加遮掩地在一旁得意地看着你。

你一直行走在太阳下，他们一直活在阴影中，可最后他们却拥抱了太阳，而你被一脚踢进了黑暗的角落。

靠梦想和汗水，真的能拥抱未来吗？你咬着牙告诉自己，能。可心里却一遍又一遍地盘问着自己，真的能吗？

这个世界对我们，有时残酷得太过直白。

我把这些话写在前面，并不是想像那些所谓的过来人来告诉你这个世界的真实面目，让你提早放下那些幼稚的梦想。

只是长大后的我们，已经和即将踏入社会、第一次走进这个世界的我们，都要先有勇气直面所有的黑暗和现实。

如果还像年少时那般坚信这个世界充满爱和希望，只会让不够强大的自己越来越脆弱，那些热血青春文就像一杯速效的鸡血，喝多了就会变成自我麻痹的毒药，让人沉浸在自己勾画的美好未来中，逐渐失去了正视黑暗和现实的勇气，更何谈拥有与它们抗衡的力量。

也许我们都做不到看清这世界然后继续热爱它，但我们起码能做到不躲闪，不逃避，去接受它的所有不美好，然后再去寻找与它抗衡的力量。

我知道每一次你经历那些现实和残酷时心中的痛苦和无助，有时候简直觉得自己是这世界的一个弃儿。可是悲伤、失落、痛哭，这些其实都是好事，因为你还没有麻木，你的内心还在挣扎和想要抵抗，你的内心深处还没有被黑暗侵蚀。如果有一天你遭受着不公平的迫害，看到这世间妖怪横行，心中却再无波澜，这才是最可悲的，**痛和疼，都证明我们还活着。**

很多朋友和读者都曾向我倾诉、抱怨过，这个社会是多么的现实，生活是多么的残酷，人心是多么的险恶，这个世界太黑暗了，完全不是曾经以为的样子，我不想再努力了，就算去努力又能怎样。

现在，我想和打开这篇日志的你，和所有向我倾诉抱怨过的朋友、读者，真诚地谈谈我的内心是如何与这个世界相处的，也许仍然不能给你们的迷茫带来解脱，但希望你们依然能去寻找自己继续下去的理由，只要还在挣扎，还没有妥协已经足够。

和每一个你一样，我也曾对这个世界厌恶憎恨，甚至感到绝望。那个年少时所有老师和长辈告诉我们充满希望和爱，只要靠努力和汗水就能拥抱未来的世界究竟跑到哪里去了。

“这个世界太黑暗现实了，无论我如何奋斗结局也许都是一样，我不想再去拼搏了。”

像曾经对我倾诉、抱怨过的每个人一样，我也曾想对这个世界低头，物质条件、家庭背景、人脉关系，还有那些看不到、数不清的阴影下的交易，现实的力量太过强大，我根本就抵抗不了，在它们面前，我简直就像一个手无寸铁的孩子，只能站在一个角落任它宰割。

可在那段被这个世界打击得体无完肤，觉得自己一无是处想要放弃的日子里，我常常想起童年和年少时的自己，那个还不曾直面过这个世界的自己，曾经我怀有梦想，相信努力，像个战士一样不停地奋战。我总是问自己，你过去为什么要这样，难道就是因为心中的这个世界曾经很美好，值得你为它奋斗吗？

不是，你，我，每一个曾经拥有热血偾张、策马奔腾的青春的我们，都不是。

那是因为什么？

因为我们喜欢挥洒汗水，喜欢怀有信念，喜欢把所有遥不可及的梦想一个个实现，因为我们骨子里就是这样一个人。曾经我们可以在黑暗中微笑着前行，曾经我们可以为了自己的未来不知疲倦地奔跑，曾经我们可以在这个从来就不美好的世界一路奋战，为什么现在不能了？

就因为我们看清了这个世界的真实面目吗？就因为它远没有我们曾经以为的美好吗？

为什么我们现在要将自己的人生交给这个世界来决断？为什么我们要让自己的未来取决于这个世界？

这个世界的好与坏是这个世界的事，你该如何生活，该成为一个怎样的人，是你自己的事。

它美好也罢，它阴暗也好，它充满希望就充满希望，它让人绝望就让人绝望。可世界是世界，你是你，这个世界从来不会为你改变，你又凭什么被它改变？

很多读者和朋友问过我，你每天哪来的那么多正能量，为什么那些现实残酷的事物都会被你变成温暖和力量？

我坦诚地回答，长大后的我对这个世界从来就没有多少正能量，它阴暗，现实，虚假，肮脏，残忍，冷漠，充满了负能量，越长大越与它靠近，越感到它就像一把砍刀，想要不停砍杀掉你心中曾经的每一份光明和美好；它就像一个大冰窟，想要慢慢冷却掉你身上曾经所有的温度；它就像一个张牙舞爪的怪物，恨不得一口将你吞噬。

可是**我依然愿意像那个幼稚的少年一样相信梦想，相信感情，相信善良，相信真诚，相信努力，相信所有美好的事物，因为我就是这样一个人，就是想成为一个这样的人。这个世界可以折磨我，伤害我，甚至毁灭我，但绝对别想改变我。**

我的身体活在它的领土下，可我的灵魂绝不会对它臣服。

《七宗罪》里有一句台词："世界很美好，值得我为之奋斗。我只同意后半句。"

我一直把这句话记在心里，无论这个世界好与坏，我都要为之奋斗，无论是公平还是不公平，无论是付诸东流还是终有回报，无论是残酷现实还是温暖美好，我都要为之奋斗。

我从来找不到允许自己堕落和放弃的理由。

因为我的奋斗，不需要任何理由，更与这个世界怎样没有任何关系。

我就是要去奋斗。

现在我把这句话分享给你们，分享给每一个曾因为这个世界感到迷茫，因为这个世界差一点放弃自己的你。

在这里想和你们讲一段自己求职时的经历，在之前那篇求职文章中没有提到。

大学毕业前，我曾为了孝顺答应父母去考公务员，笔试125分入围。当时在那个单位的所有入围的十五人里排在第五名，他们最终要录取总分的前三名。因为父母和我都对自己的面试很自信，只要正常发挥，考上已经是十拿九稳的事情。但是就在面试的前几天，这个单位突然增加了第二轮笔试。如果对此有了解的朋友会知道一般只有法院和检察院相关的单位会单独设立一项司法知识的笔试，所以它单独设立第二轮笔试是不符合常规的。当时我去询问工作人员大概会考什么内容时他们一直在模棱两可，迟迟不愿说清楚相关考点。后来我只能硬着头皮去考，拿到试卷的时候发现考的内容和他们单位的职能没有多少关系，就是一些关于政治、历史的常识选择题和一些对国家政策看法的作文题。

我并不觉得自己在这些常识和写作方面有多大的优势，但考到一个中流水平不给自己之前笔试的排名拽太多后腿不算难。

可当成绩出来时，我看到自己第二轮笔试的分数是最后一名，第一轮笔试靠前的一些人考的分数也不高，总之名单上的总排名发生了翻天覆地的变化。

因为当时也已经拿到了一些不错的 offer，自己又对公务员没多大兴趣，心里并没有太难受。但爸妈非常生气，在家里骂了这帮混蛋一晚上，爸爸还像个孩子似的准备第二天去举报他们。虽然总成绩跌到了最后几名，想靠面试翻盘的几率很渺茫，可我还是继续认真准备了面试。

我知道这个世界从来就没有多少真正的公平，我只是想试试一个从来不会对它妥协的人究竟能不能和它抗衡一下。

后来面试成绩出来，我考取了全区的最高分，总排名翻盘升到了第三，被通知录用。

在通过了体检和政审后他们准备签约时，我告诉他们我不想去了，去签了现在工作的单位，然后回到家傻笑着对着镜子里的自己做了个脑残的剪刀手手势（现在觉得自己有点坏，毕竟那些工作人员都是无辜的）。

晚上便写了《心中有光的人，终会冲破一切荆棘和黑暗》文章里的这段话：

“我想用事实证明给你们无论是不公平待遇还是黑幕操作，无论是条件制度还是规定准则，是阻挡不了努力奔跑的人的。我更希望你们相信这个世界虽然没有那么美好，可也没那么糟糕，向着太阳奔跑，它自会照耀你，别管阴霾继续向前走，心中有光的人终会冲破一切黑暗和荆棘。”

如果没有翅膀，那就要努力奔跑。

我的朋友，这个世界太大，有太多太阳照射不到的地方，布满了灰暗和阴影。渺小的我们永远无法改变它什么，可是如果你心中怀有一片光明的小世界，起码我们可以努力把眼前的这片世界变成自己心中的那个洒满阳光的世界。

这不是冠冕堂皇地为这个世界做什么，只是为了我们自己，为了我们自己能够永远被自己的太阳照射到。

我一直厌恶那些只会抱着告知真相的高尚传播负能量的人，他们以自己那些所谓的人生经验告诉你这个世界是多么的现实，你无力抵抗只得低下头对它俯首称臣，然后便在一旁得意地看着你茫然和绝望。他们找不到继续奋斗下去的理由，便要告诉你从来没有值得你奋斗的理由。

他们杀死了那个曾经倔强的自己，也不许别人继续活着。他们亲手埋葬了自己的人生，还要拉上别人和他们陪葬。

即便跌跌撞撞，即便一次次摔得全身是血，可起码我们一直走在路上，总好过做一条这个世界的死鱼，随波逐流，得过且过。起码我们还在努力活着，总要好过变成一副任人宰割、不知痛痒的皮囊。

“躺下就永远不会再跌倒，可谁让我们都喜欢站着。”

就让这个世界用现实的高墙将你一次次拦下，让你撞得头破血流，就让它用残酷的刺刀刺透你的脊梁，就让它用黑暗的爪牙中伤你，你可以被折磨、被打击、被伤害，可绝不能将自己的人生交给它来决定，不能因为它杀死曾经的自己。

可以厌恶、憎恨、抱怨，可以悲伤、失落，抱头痛哭，但绝不能向它低头，不能因为它放弃自己的未来。

《这个杀手不太冷》里有一段对话，小女孩雷诺问里昂：“Is life always this hard，or is it just when you're a kid?（生活总是如

此艰难吗？还是只是当你还是个孩子时才会这样呢？）”里昂说：“Always like this.（生活总是很艰难。）”

二十多岁的时候，我们处于人生的岔路口，第一次走出温床的庇护独自直面这个世界，我们都会感到这段日子艰难无比，对未来茫然彷徨，我们总以为眼前的这次打击和磨难会决定了自己的一生，可后来我们都会发现曾经以为根本就不可能迈过去的坎最终还是迈过去了。虽然这一路磕磕绊绊，荆棘不断，可我们还是摇摇晃晃地走下去了。

我们一直以为最艰难的是当下，到头来却发现人生从来不曾有最艰难，只有更艰难。

可只要走下去，那些走过的坎坷、受过的伤，都会在日后化成我们的盔甲，成为我们身体最强壮的地方，心里的伤口也会磨出厚厚的茧。

一句俗话，“那些没能杀死你的都会使你变得更强”。你更要相信，就算那些能打倒你的也并不能将你彻底击垮。

人生真正最艰难的时刻，是等你像一副皮囊得过且过地走过了人生大半，才意识到自己内心深处的挣扎，才开始后悔曾经为何要放弃自己。因为那个时候，你的希望，你的可能，你的变数，已经不多了。

人生最灰暗的时刻，是你放弃自己的那一刻。因为从这一刻起，你的人生只有更灰暗，再也不会有光明。

我的朋友，只要你不放弃自己，就不会走到最灰暗的时刻；只要你一路奋战，就总要好过走完人生大半才觉醒的最艰难时刻。

这个世界就是这样，总会在你满心欢喜时突然毫无防备地给你伤心和失望，可又会在你难过灰心想要放弃时给你开心感动和坚持下去的理由。你会有很多失望，却也会看到很多希望，无论怎样痛过、恼过、恨过、哭过之后，你还是要选择继续，**让自己变得更强大，是你与这个世界对抗的唯一途径。**

我以前说，十六岁时我相信这个世界只要努力一切都会有希望，二十二岁时我依然相信，即便很多人说这是幼稚的倔强。

因为我的相信与这个世界无关，因为我就是想成为这样一个幼稚而倔强的人。我是为了自己而相信。

“我想做一个好孩子，起码给这个差劲的世界带去一点点美好。”这是那个小学二年级小屁孩时的自己对妈妈说过的大话。

我知道，每一个天真单纯小屁孩时的你，一定也和我一样说过很多幼稚又温暖的话，我们都曾对这个世界寄予最深的希望和爱。我也知道，即便经历了再多的打击和挫折，尝过了再多冷漠和伤害，可在你心里的某个角落，一定还藏着那个倔强、温暖的少年，不要丢下他，不要让他被这个世界抹杀。

留下那个心里的孩子和少年，已经是在为这个不够美好的世界带去一点点美好。

这个世上有很多人后来对这个世界妥协，向它低头。有的人死了，有的人变成曾经自己最厌恶的人。这个世界有太多的阴暗力量和光怪陆离，与其说努力变成更好的自己，倒不如说能不被这个世界改变已是不易。**每一个你，无论走了多远，经历了怎样的苦痛，都要记得自己出发时的模样。**

如果你想要自己的未来，想要有一天保护好自己爱的人，想有一天不让自己再被这个世界轻易伤害，你就要去奋斗，这个世界它再不美好，但你依然有太多继续下去的理由。何况，世界是世界，你是你，你的奋斗从来就不应需要它给你任何理由。

成长之后的我们，都需要正视这个世界所有的现实和残酷，更要继续感知它的美好，但要记得你永远是独立的个体，你要成为一个怎样的人，你要如何度过自己的一生，都要由自己决定，不要让这个世界成为你放弃自己的理由。

在那个被黑幕淘汰掉的学弟给我打来电话的晚上，我给他发了一条短信。

“这个世界一直都是现实残酷的，我们谁都没有权利选择出生在一个怎样的家庭，生活在一个怎样的社会，但是我们能选择成为一个怎样的人，你不能放弃这唯一的一点权利。”

我们都不能放弃这唯一属于自己的一点权利。

每个人都是不断地在阴暗和光明中交替，人前逞强人后舔伤，我们都会突然被负面情绪包围得喘不过气。不要对自己太苛刻，悲伤失落的时候就允许自己在阴影中停留一阵，只要心一直在向着有光的方向前进就好，只要还走在路上就好。

“这个世界很美好，值得你为之奋斗。”你只需同意后半句，一定要永远同意后半句。

Part 1

心中有光的人，终会冲破一切黑暗和荆棘

陈亚豪

这个世上总有比你优秀的人，但从不会有和你相同的人。

“我是一个普通大学的应届本科生，在无数名校研究生和留学生中闯进多家国企、外企终面，两次被破格录取，公务员考试125分，面试成绩全区第一，有两个第一年十万年薪的offer，还有银行和上市公司管培生的offer，这半年受到过很多挫折，但还是咬着牙继续努力，如今总算都有了回报。现在不再是他们选择我而是我来选择他们。这次也不知道该说些什么能给你们力量，只是希望你们能相信自己、相信努力，十六岁时我相信这个世界只要努力一切都会有希望。二十二岁时我依然相信，很多朋友说这是幼稚的倔强，我想我已经用事实证明给了你们。”

这是上个星期我在人人网上发的一条状态，也是在结束了这半年来的苦逼求职之路的一个告别。还记得一个月前一切都还没有结果苦苦挣扎可还是看不到未来时，我在状态里倔强地说我才不传播负能量，你们等着我把所有的苦都变成甜的时候再来吐一个超级无敌霹雳闪电华丽丽正能量到爆的槽。

我终于做到了。

我不要嘴上说说的人生，不管要付出多少汗水。

我这人不喜欢倾诉，习惯把所有的苦放肚子里一个人消化，每天一出门就赶紧装得轻松又潇洒，但这半年多确实过得很苦，很多次因为这个世界的光怪陆离将自己的所有努力和汗水毁于一旦，很多次对自己失望和质疑，过去那些年所积攒的自信和自以为的才华很多次被打击得体无完肤，很多时候甚至觉得自己一无是处，很多个夜晚想一个人偷偷抱起头痛快哭一场。

可是就像在那段最灰暗的时候我对自己也对你们说过的：**所有的苦，有一天都会透出甜。前提是，你要先咬着牙吃尽这份苦。**

现在的我吃尽了这份苦，也终于透出了甜，我为自己也为你们验证了这句话。

这是之前一个美国好哥们翻译的："Remember the bitterness you taste will one day melt away to sweetness. But if you don't take that second and third bite, how will you ever know?"

现在回想起这一路上的艰辛和挫败，是满满的感谢。

感谢痛苦，感谢迷茫，感谢失落，感谢伤害，感谢所有的不如意，感谢那些在黑暗中逆风前行的日子，因为人在快乐中是永远无法获得成长的。

我的朋友，刚刚打开这篇日志屏幕前的每一个你。

人生最大的遗憾，就是坚持了不该坚持的，而放弃了不该放弃的。既然选择了一条并不平坦的路，那么有权利选择就应有勇气承受一切苦难，记得在每一个沮丧、疲惫和不那么尽如人意的时刻，告诉自己再坚持一下，好人都会有好结局；如果不好，说明那还不是结局。

我知道，很多时候我们的很多努力看起来都像无用功，很多时候我们都像被卡在了某个甬道中，动弹不得，很多时候我们即便如何拼搏却好像也在被现实推向相反的方向，可我希望你知道，正是那些动弹不得的日子，正是那些被现实残酷打击的无奈，正是那些你所认为的无用功，才让你走到了今天。

成功永远不是一蹴而就的，是在无数个黑夜对这个世界绝望，第二天起来昂起头对着太阳微笑，依然相信终会有回报的日子里，一步一步积攒出来的，你终会在一天爆发，只要你能忍住孤独、顶住失望继续前行。

十六岁时我相信这个世界只要努力一切都会有希望。二十二岁时，很多人说这是幼稚的倔强，可我依然坚信。

请你们也一定要相信。

很多读者和朋友最近留言问我该如何锻炼自己，希望我写篇关于求职的文。回想这半年的经历，我确实有很多感悟和体会，只是一直从心里觉得自己没有什么资格去指点别人。每个人的身上都有值得我用一生时间学习的优点，所以这还是第一次写这种文章，连着两个晚上熬到天亮终于写完了这篇文，仅算以我个人的经历和一些感受来为大家做一个参考和借鉴，只希望我的黑眼圈能多少带给你们一点帮助。

第一次写这种文，文章较长，如果浪费了大家的时间，还请多包涵。

我一直都算不上一个好的写作者，但我是最真诚的那一个。

去建立自己的风格，去拥有自己的光芒。

1.

在每一次求职面试的自我介绍中，我从没提过自己在大学里的身份，校学生会副主席、舞队队长、奖学金、街舞比赛冠军、青年作者，这些我都没提过。身边的朋友总教导我，你应该提这些，它们会给你直接加分，但我一直坚持自己的意见，我从内心不认为这些帽子会给我加分，能给我加分的是我从这些经历中所收获的体验与阅历，而这些东西我相信在我说的每一句话、每一个眼神、每一个举止中都会透露出来。面试的考官听过太多金闪闪的荣誉和奖项，这个世上也存在太多比我们帽子闪亮、比我们荣誉耀眼的大神。

但是如果让一个人从心里喜欢你、认可你，绝不会是因为你的那些身份与头衔，而是你究竟是怎样的一个人。

所以每次自我介绍时别人都会花去半数时间来介绍自己在大学和研究生时所获得的荣誉，我只是用全部的时间去真诚地讲述我是一个怎样的人，我所认为的自己身上的特质与优势、我的喜好、我的价值观，在讲述这些时我所流露出的是最真挚的情绪和最自然的语言，我很自信，从来不会因为前边同学那些瞬间能吓尿人的荣誉而乱了阵脚。因为我在讲述的是我自己，是独属于我自己的经历，而不是在和任何人比较，而那些考官经常会认真地倾听，随着我的话语或笑或点头，我从他们的眼神中可以读出他们在试图去了解我、记住我。

记得在一次国企管培生的终面中，四个人一组一起去面试。那天我是最后一个发言的人，前边的三个同学都是国内知名大学留学回来的研究生，他们每个人的话语中都在强调自己学历生涯中的荣誉和传奇。轮到我时，我很诚恳地对各位考官说："我只是一个来自普通大学的本科应届生，我的学历和前面的几位学长比起来逊色太多，但我有属于我自己的特质和优点，它们来于我成长中经历过的每一件事。”讲的时候我几次觉得自己都不像是来面试的，因为我讲了很多我认为有趣的事和我感动过的事，面试的老师甚至和我聊了起来，可后来只有我被录用了。

我时常在提醒自己，**你要成为的永远不是一个比谁更优秀的谁，而是你自己。**

从上学开始，父母、长辈、老师所教导我们的都是要遵守纪律、努力学习，要听长辈的教导，要乖巧懂事，学习要争取名列前茅，争当班干部、评三好生，这样的方向贯穿了我们的一路成长。到了比较自由的大学，依然还是要学习好专业课，争当学生干部，无论爱与不爱，要积极入党多参与学校活动；无论想与不想，成绩、奖学金、荣誉和资格证书，以及更高、更好的学历，这些就是证明自己的最好凭证。

我们应该默默无闻地跟随着同龄人的统一步伐，在每个时间段去完成自己该做的事，凡事要低调，不要搞特殊。

很多人不服，去抗争、去叛逆，每天叫嚣哭喊着自己与别人的不同，可最后还是无可奈何地殊途同归。我们就是在这样的环境下被潜移默化地影响和熏陶着，直到再没有一丝反抗的力气，失去了所有抵抗的勇气，我们逐渐认可只有做到那些标准才是优秀，开始用这些统一的条条框框来要求自己。

不敢落下一步，不敢走错一步，我们都忘记了自己最初想要的是什么，忘记了自身的优势与特质，忘记了自己有着那与生俱来的独一无二的 DNA。

可很多时候，我们自己都不知道为何要去获得这些东西，只是单纯地为了跟随大家的统一步伐，潜意识里开始用那些统一标准来比较自己和他人。

而在这样一个相同价值取向的追求中，很多人会慢慢走进一条死胡同，一条叫作比谁更优秀的谁的死胡同，路越走越窄，竞争越来越激烈，因为每个人都在朝同一个方向发展和挖掘自己。

试想一个面试官，听了一天殊途同归的自我介绍，看了一天风格相近、优点类似的应聘者，当一个有着完全不同风格、闪烁着不同光芒的人出现在眼前，他会是怎样的心情？

这就像是看了一天帅气的超人，最后来了一个傻萌的绿巨人，你会爱上谁？

盲目和趋同的追求很可怕，它会耗光你所有的精力与时间，而即便最后你收获果实，你也会在某一个时间突然感到一片迷茫，因为你从不知道这些东西对你来说究竟有何意义。

如果真的喜欢，便去经历、去追寻，因为这样你所获得的不只是那些白纸黑字的荣誉，而是在这过程中所获得的独属于自己的体验与阅历，而这些才会在日后成为你人生道路上的独特风景。可以叛逆，但不是盲目的叛逆；要与别人不同，但不是为了与别人不同而不同，是去挖掘自己的特质，建立自己的风格，找到自己身上的宝石，只有这样才能真正挣脱世俗的束缚，才能有方向地找到自己的不同。

2.

当我们逐渐被这些社会价值下的身份、头衔束缚和禁锢，逐渐被这些世俗统一的追求所同化，最后就会忘记了自己是谁，忘记了自己究竟想成为谁，忘记了自己身上所有的特质与不同。

而那些我们追求的社会身份和头衔真的那么重要吗？我们忽略了其实这些都是随时可以被取代的身份，这些都是别人可以随时抢走的东西，只要出现一个比你能力强、关系比你硬的人，这些身份和荣耀就会离你而去，你随时可能会被他人取代。

一位老师曾经和我说，在工作中，最重要的不是你多有能力、多优秀，而是你不可替代。当你成为一个环境中不可替代的人时，才能保证自己的地位与价值，才能在这个环境中持久地生存下去。

而想成为一个不可替代的人，首先要做的就是成为自己，而不是成为比谁更好的谁。

这也是我在面试的自我介绍中为何从不去和他人比较那些身份和头衔的原因，你的光芒不是来自你身份和头衔的闪耀，而是来自你通过追求和努力所获得的那份独属于你自己的体验和经历，通过学习和感悟所获得的独属于你的思想，通过磨砺和成长所获得的独属于你自己的修养和气质。

你的光芒来自你究竟成为了一个怎样的人。

我的朋友，**这个世上总有比你优秀的人，但从不会有和你相同的人。**

我的偏执是什么，就是不要成为别人那样的人。

去建立自己的风格，把自己当成个人品牌来经营，创造自己的独特价值，为自己建立一个别人拿不走的身份，而不是社会价值下的头衔。你的风格，你的经历，你的思想，你身上的特质，这些就是独属于你自己的光芒，谁也抢不走，谁也比不掉。

当一个人效仿他人或归为同类，丢失的不仅仅是做自己的机会，失去的更会是你的特质，你的不同，你与生俱来的优势，一个人即便在同类中做到最好，在那些敢于做自己的人面前，也会黯然无光。

我们来到这个世上是为了活出自己，而不是去和任何人比较，更不应是去成为比谁更好的谁。

3.

我最大的两个爱好是跳舞和写字，跳街舞有六年了，在每一个艺术行业中，无论是音乐、画画、舞蹈、写作，都很注重个人风格，很多人都在用一生的时间去寻找属于自己的风格，模仿大师，模仿偶像，向不同的前辈讨教，都是为了最终形成自己的风格。

去年有一次和一位年过五十的美国街舞大师课下聊天时，我向他请教关于个人风格的问题，他的回答因为是英语，所以翻译得可能不准确，大概意思是“**很多人都在努力地去找寻风格，却不知道风格其实就藏在自己的内心，其实所谓最好的风格就是本身的个性，你只需要去多了解自己，多与自己交流，最重要的一点就是接受和发展自己本身的特质，这就是你最好的风格**”。

太过执着地学习他人、去寻找所谓的风格，只会将内心深处的自我越埋越深。

其实并不需要寻找，因为你本就是最好的风格。

不知道把这个例子放在这里是否合适，其实不只是艺术，生活、事业、做人、做事，我们磨炼自己的最终目的都是为了建立自己的风格，就像我们欣赏一个人，喜欢一个人，爱上一个人，很多时候都是因为他身上的特质与众不同，这其实就是为人做事上的一种属于自己的风格。

但是我们行千里路、读万卷书，遇人无数，苦苦向他人学习，修炼自己的风格，却遗忘了我们自己本身就是最好的风格。

在公务员的面试中，我取得了全区第一的成绩。之前参加面试辅导班时，老师说面试分为三个层次，第一层是你没有经过任何训练本身所具有的水平，这个水平由于夹杂了很多个人的语言和举止风格，所以不稳定，可能会得分很高，也很可能会得分很低；第二层是你经过专业的培训后所达到的一种稳定的水平，你不会出现任何失误，只要正常发挥就会取得一个中上等的分数。但是如果想取得更高的分数，想靠面试成绩来弥补笔试分数的落后，一举翻盘，就要去努力达到第三层。

而第三层就是自我风格的突破。你要将所学到的规范知识和模板技巧与自己原先具有的个人风格自然地融合到一起。如果做到这点，你会在任何面试中都让人眼前一亮，脱颖而出。

但是很多人为了求稳都停留在了第二层，没有勇气和胆量去尝试自我风格的突破，更多的人是遗忘了自己与生俱来的特质，甚至摒弃了原先所具有的独属于自己的个人风格。

你是你自己，你独一无二，你无可替代，你流着的血，生来的基因，成长的心灵，经历过的一切，都是独属于你自己的宝藏，那是任何人都拿不走、抢不去、比不了的真正属于你自己的宝石，**你要做的应该是继续打磨和挖掘它们，让它们发光发亮，而不是变得和别人越来越像。**

成功的道路永远无法复制，我们需要不断地汲取别人的优点，看到自己的不足，但首先要学会认可自己，喜欢自己接受自己，无论美丑，无论是机灵鬼还是小笨蛋，你都是你，独一无二的你，这个世上每个人实现梦想的方式都不一样，每个人都有着不同的法宝，但唯一相同的一定是喜欢自己，认可自己，相信自己。

去建立自己的风格，去拥有自己的光芒，而你自己其实就是最好的风格，你身上的所有特质与不同就是最闪耀的光芒。

一个月前去原本规定只招研究生的上市公司求职时，我没有管他们的应聘条件坚持投了自己的简历，可能是出于好奇他们通知我参加了考试，经过一轮笔试、三轮面试，最后留下的几个人，除了我都是世界前一百名大学的留学研究生，只有我一个普通大学应届生，人力资源总监老师对我说你很不一样，所以破格录取。

我一直相信一个人经历过的每一件事、读的每一本书都可以化为独属于你自己的魅力和实力，你就是你，不必去羡慕仰望别人，你身上拥有的宝石绝不会比别人的暗淡，只要你愿意去发现，努力去挖掘。

不要放弃每一次做自己的机会。

下面我想通过两部分谈谈关于如何找到自己的特质、建立自己的风格的个人感受，同样仅供大家参考。

从中学开始我就一直是一个很有争议的人，初中时翘课早恋，经常为朋友豁命打群架，仗着自己的小聪明，高中进了市重点的重点班，却开始专心跳舞，和朋友成立了当时高中生第一支街舞团体。到了大学一学期不去上几次课，导致很多老师期末见到我时以为我已经退学或者出国。一边忙学生会，一边忙跳舞，在外面的世界飘来飘去，一半的时间在和社会人打交道，看自己想看的书，交自己喜欢的朋友，写自己的文字，每天沉浸在自己的生活中。

对于长辈的教导、老师的管教、世俗的成长观，我认可的便听，不认可的就把它们从耳朵里倒干净。我有自己的眼睛，有自己的思想，有自己的梦想，所以我相信自己有能力也有权利选择我自己的人生。

我不叛逆，只是在那些不应该成熟的年龄做了我认为对的事，倘若那时我就开始束缚于世俗的管教，以后怎么还会有勇气做自己？

我只是不想在年轻的时候放过每一次做自己的机会。

为什么说不要放弃每一次做自己的机会，我并不是单纯地怂恿你去叛逆追求个性，也不是想嘚瑟地告诉你去执着地做自己的人生有多么痛快，而是因为当你做自己时，为自己的内心做出选择时，你所获得的体验和阅历都会在某一天成为你人生中无比珍贵的财富。

每个人都拥有自己的天赋，认为自己没有天赋的朋友，你一定要相信你只是还没找到自己的天赋。

而对于每个人的特质与天赋，总是搭配着不同的特定情况和适合发挥的场合。

这个世上从来没有面面俱到、八面玲珑的人，他们只是找到了自己的特质和天赋，然后将其恰当地发挥在了最适合的场合与行业。

“天生我材必有用”不是一句盲目自信的空话，而是先认识到你身上的特点，然后去发展和历练自己的优势，最后将打磨成熟的特质放在最适合发挥的地方。

但是这个前提就是你要先认识自己，了解自己，知道自己具有什么特质。把自己当作一笔深埋于地下的宝藏，用不同的经历退去埋藏你特质的世俗尘土，将它们全部挖掘出来。

而做自己，就是认识自己、了解自己、挖掘自己的最好、最快的道路。

当一个人去勇敢地追寻自己喜欢的事物时，他会获得很多丰富的体验，他会比别人更快、更深入地了解自己，会慢慢知道自己究竟是一个怎样的人，喜欢什么，不喜欢什么，适合什么，不适合什么，他会逐渐发现潜藏在自己身体内的宝石，然后找到自己的方向，确立自己的优势和风格。

在实践中认知自我，在实践中寻找自己的特质，你当然会比别人更先了解自己，找到自己的天赋。

这个世上也只有你自己，才能找到你的天赋并把它们发挥出来。

但是如果你一直跟随着同龄人一致的步伐，走着相似的人生轨迹，那么你就会失去独属于你自己的体验和感受。而当你一天天吸收着那些相同的知识和价值观，逐渐成长为同一种风格、具有大相径庭优势的人时，你就是在慢慢杀死你自己，杀死你所有的特质与潜在的优势。

去追寻你自己想要的东西，重要的不是你追寻的是什么，不是你是否能最终获得，而是当你在追寻它们时，你所得的那份独属于你自己的体验和经历，它们会在日后的某一天成为你赢得人生的最大筹码。

而今我最庆幸的就是曾经自己那些幼稚的倔强，如果没有它们，我可能都不知道自己是谁。

做自己绝不是幼稚的倔强，也不是单纯的叛逆，而是真正的睿智和成熟。

北大才女张泉灵在回校演讲时讲过这样一段话：

你当初考大学时没有坚持选你自己真正喜欢的专业，你大学选的也不是你真正感兴趣的课而是那些容易过的课程，你所选择的课外生活，社团，爱好有时也不是你真喜欢的，只是为了让自己更加合群。你在青春的很多选择上都没有真正考虑过你最想要什么，真正喜欢的是什么。

那么现在你凭什么抱怨过不上你想过的生活，凭什么苦闷自己没有成为想成为的人？

席慕容在晚年的《独白》中写过：

在一回首间，才忽然发现，原来我一生的种种努力，一直在为了周遭的人对我满意而已。为了博得他人的称许与微笑，我战战兢兢地将自己套入所有的模式所有的桎梏。走到途中才忽然发现，我只剩下一副模糊的面目，一副没有灵魂的肉身，和一条不能回头的路。

我的朋友，愿你不要走到人生旅途的终点前才恍然发现，愿你此刻的路还能回头。

先去勇敢地做自己，才能认识和挖掘自己，先成为自己，才能成就自己。

不要怕走错路。“你不会找到路，除非你敢于迷路。”

我经常告诉身边的朋友，不要太在意年轻时候做过的一些选择，就像我们如今回想起过去的一切，总会有种不堪回首的感觉，人在未来回头看过去的自己时永远会感到傻气又幼稚，这是一个没有尽头的循环，通俗点说，成长本身就是一个不断感到自己傻 × 的过程。

而青春这个东西，不管你怎么过，严谨也好疯狂也好，认真也好随意也好，其实你都会一样把它过得乱七八糟。

所以我们应该在意的是，这些选择是否都出于你自己的内心，无论是幼稚还是成熟。即便是那份乱七八糟也要独属于你自己，因为无论结果如何，起码你都会甘之如饴，心甘情愿地去承受和面对。

每个人年轻的时候都会做出很多荒唐、错误的事情，而那些看似让人后悔和自责的决定其实没有对错之分，它们就像成长的必修课，人生中的很多事从来无法靠汲取前辈的经验来理解和学习，只有当自己真的经历一遍后才会恍然大悟、醍醐灌顶。

年轻时的选择从来没有绝对的对与错，因为只有经历之后你才会知道究竟什么是对是错。

你错得越多，成长得就会越快；你伤得有多重，日后就会有多强壮。

人不能被同一块石头绊倒两次，也不能在同样的深渊里跌入两回。可你若没有被绊倒过一次，没有陷入过一次，你便不会获得独自爬起的能力。当你陷入过一次后，才会勇敢地告诉自己“再不需要搭救”。

而让人庆幸的可我们又常常忘记的是，我们还年轻。因为年轻，我们有足够的资本触底反弹；因为年轻，潮落之后，一定会有潮起。年轻的时候不吃点苦、犯些错，日后可能会犯下不可挽回的错误，留下无法弥补的悔恨。这一切的错、一切的悔都是成长道路上无比珍贵的宝石，而只有当我们经历后才可以将它们揣入囊中。

一个人，无论会遇到多少困难，对结果有多大把握，这些并不重要，只要是你自己的选择，就不存在对错与后悔，关键是你有没有挣脱束缚的勇气，有没有走出这一步的决心。年轻时的我们，最怕的就是用四十岁的心过二十岁的生活，少了本该年轻气盛的魄力，不要在开始前踌躇满志又畏首畏尾，不要在中途一腔热血却又瞻前顾后，用力地踏出第一步，更用力地走完后面的每一步，那才应该是二十岁的你，那才是你应该有过的青春。

从你不怕坠落的那一刻开始，天空就离你不远了，有时候人只有先勇敢地跳下去才能学会如何飞翔。

“你不会找到路，除非你敢于迷路。”

趁你还年轻，不要怕走错路，你拥有走错路的资本，而你所走错过的每一条路的懂得与领悟，日后都会化为你的王牌阅历。

我没有那么多的时间去向别人解释我的生活，我还得忙着去过我自己的人生。

本来没有打算写这个部分，但是觉得看到这里可能会有人想问，你那么执着地做自己，没有过不被人理解的苦闷吗？没有遇到过别人的质疑和嘲讽吗？没有朋友因为觉得你不够合群而疏远你吗？

我知道每一个想得到答案的朋友都是长久以来挣扎于自己与世俗眼光之间，困惑在是该追求自己的人生还是去与大家打成一片，掏心窝子地说，我真的能够感同深受你们每一种矛盾与无奈的痛苦。

我曾被很多人不理解，现在也被很多人不理解，我受到过很多质疑，也听到过很多如刀片般的闲言碎语，也无可奈何地经历过朋友的疏远，并且很多次被深深地伤害过。

在这两篇以前的文章里我写过自己的一些感受，《冷嘲热讽是对你的赞赏，闲言碎语是为你的精彩鼓掌》《成长的道路上不要让“朋友”牵绊了脚步》希望能给还在困惑的你带去一点释怀和力量。

过去的我常常会因为这些苦闷至极，不知所措。好在现在的自己已经基本上处于完全免疫的状态，倒不是变得麻木，只是生活就是这样，那些曾经让我们受伤的地方后来一定会变成我们最强壮的地方。

何况我没有那么多的时间去向别人解释我的生活，我还得忙着过我自己的人生呢。

我们都一样，总是喜欢报喜不报忧，所以别人看到的总是你光鲜靓丽的一面，永远不会知道你苦闷、迷茫、失落、悲伤、孤单、无助时的样子，也永远无法完全理解你的苦衷，明白你的人生。可既然选择了一条昂起头挺起胸看起来毫不费力的道路，那就只管去努力前行。

如果你要的是彪悍的人生，那就无须去解释。

人生最痛苦的就是后悔当年不曾为了梦想而勇敢地闯荡，最遗憾的便是不曾为了未来注满热血放手一搏，最需要的就是一个人过一段沉默而执拗的日子，沉浸在自己孤独而充满力量的奋斗和努力中。

每一个做自己的人都不可能被所有人理解，但每一个勇敢做自己的人，都没法让人不欣赏。

人生是一场表达，管他有没有掌声。

心中有光的人，终会冲破一切黑暗和荆棘。

无论你现在是否找到一份心满意足的工作，无论你现在是否还在为未来迷茫和踌躇，我知道求职这一路上的每一种苦，我理解你们现在正在经历或是未来可能会遭遇的每一份挫折与无奈。

我也懂得你们心中那份苦不堪言却又不知该如何诉说，即便推心置腹地倾诉，可对方又好像怎样也无法懂得你的孤单和无助。

人在长大后，都会逐渐感到或多或少的孤独，很多时候，我们与身边再亲密的朋友也只能是肉身的同行，心灵的独旅。

这个世上的确有感同身受，也真的有很多温暖的共鸣，但你不能去渴望它，更不能依靠它。倘若你遇到那是幸运，要珍惜；若没有，就去学会自感自受。

比如我，这些年太多太多的路，都是一个人自感自受过来的。

大三时候的我还天真地以为大四的生活主调就是尽情享受大学最后的时光，去矫情，去伤感，去挥霍最后的青春。可是当大四真的来临时，当曾经以为那离我还很遥远的“生活压力”猝不及防地到来时，我被现实狠狠地抽了一个嘴巴——你大四了，该去为未来真正地奋斗了，该懂得你身上承担的责任和每一个爱你的人对你的期望了，是时候站出来为你自己的人生负责了。

大四的你一定会经历一段人生的低潮和迷茫期，无论曾经的你在校园有多么耀眼，无论过去的你有多么天生乐观，在生活和现实面前，你那些耀眼和乐观都会脆弱得不堪一击。

我并非在以一个所谓过来人的姿态警示你，只是单纯地想和你分享我这点不多的经验。这半年我目睹了太多朋友倒在了这段人生的低潮和迷茫期，很多人之前在校园里都是大牛一样的存在，可最后却失去了过去所有的自信，倒戈弃甲地对自己的未来匆匆了事。

可也有很多朋友，在过去一直被周围人看作是毫无理想、对人生没有追求的人却触底反弹，爆发了过去所有人没有注意到的潜力。

他们都有一个共同点，就是即便深陷黑暗中的逆风也要咬着牙继续前行，即便始终看不清未来也要逼着自己继续向前走。一个人的精神强大与否，只有在最苦闷和彷徨的时候才会彻底被激发出来。很多时候，真正支撑着一个人走到终点的不是他的聪颖也不是他的才华，而是他骨子里的不服和倔强。

还有他心中的那一份光，那一份无论黑暗如何侵蚀，无论残酷如何剥夺，都摧毁不掉的光，那一份简单幼稚到只是因为相信自己、相信努力、相信终有回报而存在的光。

人生会经历很多不同时段的低谷，可其实它们都没什么可怕的，也没有什么复杂的，更没有什么能让你寸步难行的。你不用去小心翼翼地思索揣度该如何走过这段低谷，你只需要撑过去，只要不畏将来地继续走下去，终会抵达你想要的彼岸。有时人生很复杂，可有时人生真的很简单。

无论你有怎样无法言说的苦衷，无论你有怎样难以承受的痛楚，这个世上没有人会因为你的疲惫而停下来等你。既然痛过、恼过、恨过、哭过之后，你还是要选择继续，那就不如赶快挺起胸，抬起头，拍拍自己的脸，起身继续奔跑。

若放纵，若消沉，若逃避，无非数年后眼睁睁地看着自己成为了自己曾经最瞧不起的那类人。

我知道当你踏入社会这趟浑水后或者你现在就已经感到这个世界其实很操蛋，二代们从一出生可能就拥有你用一生的努力都无法抵达的起跑线，无论你再优秀都会遇见一个比你更优秀的人。我也知道随着成长、随着直面现实，你会发现这个世界存在太多的不公平，你在那些黑幕和权力金钱的交易下渺小得像一粒风中沙，你可能直到最后不知缘由地被淘汰时都不曾见过竞争对手一面真容。

你若问我有什么办法吗，我只能坦诚地告诉你，没有任何办法。

我能与你分享的只是我一直像个傻子似的告诉自己：

所有的“不公平”从某种意义上其实都是失败者的搪塞与自我安慰，这个世上的大部分人一生中都会遇到很多不公平的待遇，可与其抱怨，与其悲愤，与其恨自己怀才不遇，不如告诉自己“努力还要更努力”。所有励志的宝典里无非都是坚持与不弃，**这个世上真的会有奇迹，因为它是努力的另一个名字。**

这世上有很多人通过背景、算计、谄媚奉承、钩心斗角获得了成功，过去的我会鄙视、会憎恶，但是后来我只会轻蔑一笑，然后继续过自己的人生，不羡慕、不嫉妒、不憎恨，当我通过努力、隐忍、宽容、坚持，获得了同样甚至更好的荣耀时，便是为他们上了最好的一课，为这个世界照进了一道明亮的光芒。

我改变不了这个世界，但我能决定自己成为一个怎样的人。

没有伞的孩子，注定要在大雨中拼命奔跑。可没有伞的孩子，一定会跑得比所有人都快。

生活就是这样，总是在猝不及防间打碎你心中最精彩的梦，可又会在你最灰暗时送给你一缕阳光，你终会在最深的绝望里遇见最美丽的惊喜。只要你能顶得住磨难，学会在失意和绝望中继续微笑前行。

一年前的我带着无知和倔强对父母说，我要靠自己闯未来。父母笑着说，那你去闯好了。一年前很多朋友以为我会靠父母悠闲地等着一份送到手的工作，我笑着说，我会向你们证明吹过的牛皮我都会还给牛的。

去考公务员时，老师告诉我很多岗位都是为某些人准备好的，如果关系不硬很难考上。去参加一些国企管培生面试时，朋友告诉我咱们学校就是个普通本科，你到那里都不好意思提自己的学校。去参加上市公司世界五百强企业的面试时，遇到很多知名大学的硕士、留学生，他们都像对待一个弟弟般指导我该去什么样的单位求职，不要再浪费精力和时间。

但我最后都是被录用的那一个，公务员考试面试成绩全区第一，两次被计划只招研究生、留学生的国企、外企破格录取。

我想用事实给你们证明，无论是不公平待遇还是黑幕操作，无论是条件制度还是规定准则，是阻挡不了努力奔跑的人。我更希望你们相信这个世界虽然没有那么美好，可也没那么糟糕，向着太阳奔跑，它自会照耀你，别管阴霾继续向前走，心中有光的人终会冲破一切黑暗和荆棘。

我曾经想，当一个人遭受很多挫折和打击，是不是就会对人生彻底失望，内心再也没有光芒。

可是后来我明白，一个人，走过条条坎坷、道道荆棘，承受原本不能承受之重，还能将心中洒满阳光，这才是真正的成长。

“我想努力做一个像小太阳一样的人，即便做不到也要努力向着阳光的方向奔跑，逆着炽烈的阳光，虽然会刺眼，但那一定是对的方向，虽然会疲倦，但影子永远会被我甩在身后。”

心中有光的人，终会冲破一切黑暗和荆棘。

Part 1

有没有想过这辈子不结婚了怎么办？

小岩井

你们中的很多人一辈子都不会遇见你梦想的真爱。只会因为害怕孤独地死去而选择随便找个人，互相饲养。

1.

我有个学生——G阿姨，退休多年，年近六十，因为喜欢村上春树，为了能看懂日文原著而学日语。

G阿姨看上去很年轻，一点儿不像那个年纪的人，娴雅干净，温润清新。

G阿姨以前是市图书馆管理员，常年埋首书海中，身上有种很强烈的文艺气质。

她常穿着素雅而清新的格子衬衫或花纹长裙，不化妆，但是气色很好，皮肤白皙红润。说话动作都是轻柔含蓄的，经常带着微微的笑意，总是让人感到温暖和煦。可见年轻时候必是个落落脱俗的清新姑娘。

从同事口里听说G阿姨至今没有结过婚，没有孩子，没有家庭，始终一个人。

她学舞蹈，学日语，看书写作，经常独自旅行，享受着一个人的生活。

我在脑海中擅自描绘出这样一个年轻时候的 G 阿姨：孤高冷清，沉迷于自己的文学世界，不会也不愿意跟太多人打交道，也曾有过几个不错的选择对象，但最后总是分道扬镳。家人不安，亲人闲言碎语，她便愈加抵抗这个世界，于是躲在图书馆的文字天堂里。

二十岁，总是心存美好，想象着那位牵手共度一生的灵魂伴侣的样子，书籍里，电影中，各种美好的品质都加在了那位还没出现的对象身上。

三十岁，开始怀疑自己的坚持，开始害怕见到亲朋好友，开始想要妥协，开始试着和自己并不喜欢的人交往，就好像写不出试卷答案的学生，只能硬着头皮填下答案交卷，最后发现还是无法说服自己。

四十岁，好像过了一生一次的考试报名时间，突然有些释然，虽也有些无奈和悲伤，却开始说服自己，即使不结婚，自己也可以度过平静而简单的一生。

五十岁，心不再有波动，开始明白**一个人也可以过得很好，开**

始微笑着对待身边的人，开始感受一朵花从种子到盛开的过程，开始养一只温顺的小猫，放在膝盖上，静静看书度过一个人的周末……

也许有人会觉得G阿姨很可怜，孤苦无依，独自承担生活的辛苦。但所有同事和学生都觉得G阿姨很幸福，那种幸福来自她内心的安宁与知足。

六十岁的G阿姨，已经看得懂日语，会跳肚皮舞，练瑜伽，走过许多美丽的地方。

而平行空间中选择了凑合结婚的G阿姨，也许一脸沧桑，淹没在家务和孩子的琐事中，满腹的抱怨。

杜尚说：一个人的生活不必负担太重，不必做太多的事，不必一定要有妻子、孩子、车子、房子。有这些不一定幸福，没有这些也不一定不幸，关键在于你要什么样的生活。

人生只有一次，自己都活不明白，你无法评判他人的选择。

2.

留学的时候，我惊诧于日本人结婚率之低以及退休之后离婚率之高。

当时我住在一片老人居住区，发现周围的老人几乎都是独居，但都乐于享受自己的小生活，聚会，喝酒，浇花，养狗。

在图书馆看到一个调查数据，日本六十岁以上的老人近五分之一是单身（从未结婚），这说明每五个日本老人中就有一个是一直单身。同时，退休后因为受不了老公的各种习惯、从前忍气吞声的妇女提出离婚的数量也在不断增加。

近年来，日本年轻人的结婚率也是逐年打破历史最低，引起了广泛的社会关注。比如热门影视剧《不能结婚的男人》《不结婚》《无法恋爱的理由》等等，争相热播。

而在高速发展的中国各大中城市，这个现象也是或早或晚的事，回看身边的人，是不是发现小学、初中同学结婚的比较多，而大学、研究生的同学，以及公司差不多年纪的同事们结婚的较少？

所以不用抱着侥幸的心理说我总会遇到那个命中注定的人，《金三顺》什么的那是编剧编出来骗收视率的……一生不结婚这种可能极有可能降临到你我这一代头上。

我并不想探讨这些问题背后复杂的社会问题，也承担不起。因为我自己有种很强烈的不会结婚的预感，所以不得不思考一下，如果不结婚会怎么样，如果不结婚又该怎么办？

我的教授关口老师因为担心对方受不了自己奇怪的个性，以及想全身心投入研究更有趣的学术问题而选择不婚，他的时间不是在研究室，就是在田野调查。这是典型的事业痴迷型，也就是说娶了事业。

我的姐姐，小有名气的室内设计师，自己有车、有房，容貌清丽中等。她看上的都已婚，看上她的她都看不上，在焦急和不断的失望中度过每年的生日，只有我一直陪伴。

某个做淘宝的朋友，因为丈夫在外面包养小三愤而分手，至今不再相信婚姻和男人。反正结婚了你也要出轨，反正最后还不是要离……

我的禅学师傅，经营一家佛具小店，三十六岁，生活始终在小康水平。他曾经炽热追求过心爱的人，但在与对方谈婚论嫁时，还是因为自己的寒酸而被对方父母反对，他也很识趣地放手，从此抄经学佛，长夜孤灯。

……

当然，不婚还有各种各样的理由和难言之隐。

各种不同的道路，却都面临了同样的十字路口：没有婚姻的生活。

3.

在人生这个学校中，婚姻似乎是一个默认的暑假作业，只有做完了，才能进入人生新的学期。

有些人一早就做好了准备，早早完成。

有些人拖拖拉拉，到了最后敷衍完成。

还有些人忙着精彩的暑假生活，直到别人提醒他（她）作业做了吗，才痛苦地想起来。

我看过了太多婚姻的悲剧，当然也见过美好的家庭。只想说，其实幸福本身，和婚姻并没有必然联系。为了嫁而嫁是很容易嫁掉的，为了娶而娶的人更是心安理得。不懂给人幸福的人，即使结了婚，依然自私得可怕；而温暖善良的人有时候给不了你红地毯的承诺，却在每天清晨给你最真诚的笑容和依靠。

这辈子不结婚了怎么办？

我们中的很多人一辈子都不会遇见梦想中的真爱，只会因为害怕孤独地死去而选择随便找个人，互相饲养。

我看着满屋子的书籍，刚写完开头的手稿，墙上贴着朋友们从世界各地寄来的明信片，忽然也不是那么害怕了……

“对成功者而言，能够抛弃无用的东西是必须具备的能力。忙碌的人忙于任何事情，除了生活。”（古罗马悲剧家塞内加）

所以，你想好了不结婚的你该怎么办了吗？

Part 1

当所有的等待变成曾经，好多故事再说与你听

谢园

等待，并不是无所作为、消磨时间，
而是要在等待的过程中让自己变得更好。

1.

星期六，抵达英国的第四天。

泡了杯红茶，放在茶几上，穿着家居服，披着大红色的披肩，抱着 Mac，盘腿窝在暗红色的大沙发中，抬头就看到茶几上正对着我的鲜花。

将手机调成静音，开始觉得应该写些什么。

朋友发微信告诉我，把我的书放在实验室传阅了一遍，广受好评，连他老板都夸那本书写得很好，照片拍得也很棒。

他说，期待我的第二本书。

记不得这是第几次听到这句话了。

可是非常惭愧的是，我有两个多月都不曾动笔写作，也没有回复任何编辑的约稿邮件。

写作于我而言，其实是一件非常私人且孤独的事情。

因为整个过程，都需要诚实面对自己的内心，剖析自己的思绪，沉淀所想所悟，理清思路，不隐藏、不对抗任何想法。

没有动笔的原因，一是因为这几个月的生活实在过得安逸，甚至懒惰，很少去清晰地思考。

再者我想是因为我越来越习惯于自己去消化所有的情绪和想法，逐渐变得不那么愿意去表达，不管是用文字还是语言。

有时候，我甚至会担心，会不会就此停笔。

但是转念一想，应该不会，因为人生每个阶段都有它的特点，生活阅历都会随着时间改变。

不粘着，也不停滞，只需要顺应自己的心走下去就好。

2.

时差还没倒过来，凌晨三点多就醒了。

躺在床上看手机，几十条消息，全是朋友们发的消息。

看到身在北京的红美人发来的伦敦天气预报，跟我说伦敦今天下雨，但是应该下不到我这里，她还抱怨了一句“你那里怎么连天气预报都搜不到”。

我想着她说那些话时可能有的表情就忍不住笑了，心里暖暖的。

放下手机，试图重新进入睡眠状态。半睡半醒就赖到了凌晨五点。

想着睡不着干脆起床做早餐、看书，于是麻溜儿地就爬了起来。

做了草莓果酱吐司，还尝试了澳大利亚产的咸味酱吐司，一个白水煮鸡蛋，一杯摩卡。

很简单的西式早餐，一个人坐在餐桌前，听着 BBC News，安安静静吃完。

我知道，以后还有许多个这样的日子，一个人吃早餐，一个人对自己说早安。

吃完早餐，戴上眼镜开始打扫房间。

客厅、卧室、厨房、卫生间和过道，擦桌子、整理物品、扫地和拖地，每个角落都仔仔细细清理。

想起以前在匈牙利时，经常偷懒不愿做家务，把搞卫生的事全都交给工人，还是后来在V的感召教育下才开始自己动手。

而这一次，是那样地心甘情愿，**用心甘情愿的态度，过随遇而安的生活**，希望家里干净整洁，看着舒服敞亮。

家，是的，我已经开始把它当作家了，并且愿意用最大的诚意去对待它。

抵达的当天晚上，我没有急于休息，而是把行李全部拿出来，衣物一件件挂好放在衣柜中，其他东西也一一归置妥当，收拾完毕，洗了个澡，倒头就睡着了。

英语中有句谚语："Home is where your heart is"，意思是吾心安处即是吾家。

也许心安就是我愿意称之为家的最大因素吧。

3.

在这一年的时间内，我有过很多不心安感到恐慌的时刻。

三个老闺密全都结婚了，几个好朋友死党也都结婚生子或者在恋爱。

可是我还是孑然一身。

爸爸经常对我敲警钟，要抓紧时间找对象，再过几年就三十岁了。

慢慢地，我反而释然淡定了。

人这一生，要获得一份有始有终的感情、一个恩爱默契的伴侣，机会稀少而珍贵。

我终于想清楚自己追求的并不是婚姻，而是幸福。

为了结婚而结婚，两个人在一起却无法相容、无法获得深层次联结的孤独，有时远远强大于独自一人。

所以，我选择了在心里向过去一一道别，然后独自一人转身站到那个转折的起点上去。

一个旅德多年的姐姐有天说："彼时我甘心倾其所有的正是我

此时可以轻言放弃的。”

人总是需要告别过去，放弃一些东西，才可以走向未来，拥抱一些新的事物。

张悬歌里所唱：“在所有物是人非的景色里，我最喜欢你。在所有不被想起的快乐里，我最怀念你。”

有人还说过：“在众多没得到的中，我最迷恋的也是你。”

只是，物是人非了，就该往前走别回头。不被想起了，就该顺其自然忘记。

而迷恋，恋上的都是自己幻想的影子。

一切如水流动和变化。痛苦来自于我执不肯顺应规律的心。

朋友在我出发前发消息说：“又要起程了，丫头。一个人的旅程，也是旅程。只是一个人的旅程，寻找爱情，追求成功，成长。两个人的时候，不再找爱，而是去爱，不在追求成功，而是去做。”

现在的我，只想过好每一天，爱情，它终有一天会来。

等待，并不是无所作为、消磨时间，而是要在等待的过程中让自己变得更好。

我只希望在爱情到来的时候，我配得上拥有那样的幸福。

4.

学健告诉我他 12 月 31 号就要去美国伯克利读博士后了。这是他第二次赴美。

在清华读博期间，他作为访学去了加州半年。

因为很了解他两次等待 offer 的过程，艰辛且漫长，但最终结果都很好。

他除了幸运之外，离不开的就是自身的努力和坚持。

傻政得到 offer 去了意大利比萨高师读文艺复兴的博士，红美人拿到了北京科技进步一等奖，愁儿在北大读中世纪历史文化交流的博士，小婧去了荷兰读教育学的博士，现在学健也要去伯克利读博士后了，这一个个光鲜的 title 后面，都有着许多不为人知的辛苦。

所以，我越来越少羡慕别人，也对别人向自己发出的羡慕淡淡略过。

因为真的不必羡慕他人，更无需嫉妒。

想成为那个人，有本事就把别人走过的路走一遍，你未必承受得住。

这个世界，有太多人渴望不劳而获的成功，却忽略了一件重要的事情：为自己的成功付出了多少，又是抱着怎样一种心态。

我很感激有这样一群如此优秀的朋友，他们踏实且勤奋，善良且阳光。

虽然不在一个国家，但是知道大家都在为了理想和更好的生活努力着，就觉得满满的都是正能量。

自知自己并不是一个十分好相处的人，敏感、固执却又没心没肺。

这些年交朋友的态度发生了巨大改变，再也没有想跟全世界做好朋友的想法了，而是抱着投缘就珍惜，不投缘就做点头之交，也越来越懂得要好好珍惜那些经过时光筛选留下来的朋友们。

常常感恩自己三生有幸，有一些闺密和死党，始终鼓励、支持、陪伴着我，为我做许多却连谢谢都不准我说。

如果你们其中有人看到了上面这句话，请自动对号入座，允许我说声感谢。

5.

以前在白岩松的《痛并快乐着》里看到一段话，觉得特别好：

“走到生命的哪一个阶段，都该喜欢那一段时光，完成那一阶段该完成的职责，顺生而行，不沉迷过去，不狂热地期待着未来，生命这样就好。不管正经历着怎样的挣扎与挑战，或许我们都只有一个选择：虽然痛苦，却依然要快乐，并相信未来。”

二十五岁到三十岁，对一个女人来说，是生命中极其重要的阶段。

这五年，我做的第一个重大决定就是——来英国工作。

曾经思考过很久自己这五年该如何规划，迷茫不知所措过，到后来才明白选择太多，不知道选哪个好，就会容易陷入纠结。没有选择，则容易焦虑。

最好的是，知道自己要什么，在对应的选项出现时迅速抓住。

回想这大半年的时间，做了一个又一个选择。

三月份从北外硕士毕业，四月份从北交大辞职，五月参加国家公派留学的选拔考试，再到去英国大使馆文化教育处实习工作，然后六月辞工回家，七月赴京参加北大培训然后被钦点调换岗位，再到七月下旬和八月上旬在大连培训，八月中旬回家到十月下旬办理各种手续，再到十月底去深圳递签，十一月中旬拿到签证，然后从广州出发，再到现在终于在英国根西岛安顿下来，给了自己一个家。

妮可·基德曼在《杨澜访谈录》说过的一句话让我印象非常深刻：Good things worth waiting（好的事情值得等待）。

我等待这个家等待了很久，或者说是等待这样一个安心从容的状态。

这一路走得跌跌撞撞，并不容易。

从拿到签证到出发，我一直都很焦虑。

因为自己带着三个行李箱、一个背包和一个手提包，三趟航班需要飞行十七个多小时，还要在伊斯坦布尔和伦敦转机两次九个小时，加在一起长达二十六个多小时。

但是最终，我还是熬过来了。

最后分享庆山《得未曾有》中的一段话："心愿需要接受考验。真正面对时就需要抉择的胆识和接受的勇气。真的经历事情才会产生内在力量。"

是这样的，**我们最终必须要为自己许下的心愿忍耐实现过程中的挫折和煎熬，这个过程会积累内在力量，它能隐秘地转化成胆识和勇气。**

而那些，都是我们人生中独一无二的财富。

Part 1

我不愿就这样缴械投降

倾心蓝田

找一个既定的目标，任何时候都不放弃，遇到任何困难都不要这么轻易地就缴械投降，如此，理想的生活便会越来越近。

A 君和我一样，都是北漂。不同的是，她比我早半年来北京，截至目前，她换了四份工作，而我在第二份工作上刚转正。生活中我们是朋友，但思想方面相差很多。她总是很悲观，而我总是极度乐观，以至于很多时候她说喜欢跟我聊天，因为有正能量；又害怕跟我聊天，因为总感觉自己在阴影里，而我站在阳光下，亮得耀眼。

A 君的悲观用她自己的话来说就是来源于不自信和不断受挫的经历。2012 年来京之后，我们都在外贸行业做国际销售，金融危机，外贸行业越来越不景气，整个行业都生意惨淡，后来她从一个产品换到又一个产品，始终没有脱离外贸行业，到后来她离开北京，共换了三个产品，也有业绩，但是都不是特别大。最终 A 君在最后这家公司撑了半年，期间想各种办法去提升业绩，最终无果，辞职回了老家。回老家之前，她跟我说，太累了，在北京坚持不下去了。

大概一个月以后，我的微信朋友圈开始频繁有 A 君的消息，她兼职做起了现在很火的化妆品代购。那时候我找过她，我说在家不开心就回来，北京是一座任何时候你来，她都欢迎你的城市。A君说先在家待一段时间吧，如果不习惯、不适应，再回来，毕竟都已经回去了。而代购，她说是她一个同学在做，所以自己也想试试。我说成功是可以复制，但绝不能完全模仿。我圈子里确实有人做代购，甚至有人在朋友圈卖从香港买回来又不喜欢了的香水，但是那些人的圈子，大多数人都是高层次的，有这方面的市场，而A君的朋友，都是普通人，我们谁没事会去买不知道名字、不知道真假的化妆品呢？遇到这类在朋友圈、QQ空间发代购信息的，我一律拉黑没商量。打了半天的广告，不仅生意没做成，还掉自己的价。A君不语，表示默认。

后来A君又决定回来北京，那时候我已经转行到互联网，我们曾经一起拉人写过软文，所以A君也有一定的文字功底，那时候我说，再回头做外贸肯定不行了，不如也试试互联网的编辑或者运营，来之前，去做一个媒体号吧，自己不会写，可以做搬运工，积累了粉丝，可以弥补自己没经验这条缺陷。A君“嗯嗯啊啊”答应着，直到现在依然没做这件事。因为在家几个月，钱也花得差不多了，而在北京重新开始，又需要租房子生活，很快A君就没积蓄了，于是找运营工作未遂，就找了一份办公室助理的工作。我说没关系，先留下来再说，接下来一边工作一边留心招聘信息呗。时间一点一点过去，现在距离A君重返北京已经快半年，正没积蓄的时候，A君父亲又病了，来北京看病，又花掉了一笔钱，于是A君彻底丧失了信心，跟我聊天说，感觉自己就是一个彻头彻尾的 loser。其实我真有点恨铁不成钢的感觉，生活中不仅 A 君会遇到这样那样的困难，任何人都会，但是每次遇到问题，都埋怨自己没能力，然后悲观，循环往复。A 君说前几天去面试运营了，但是被拒，原因是 HR 说她不会 PS，也没有新媒体资源。我说还不懂吗？ PS 可以学，很容易；新媒体资源，早就让你积累了，可你到现在做了吗？**有时候真不是别人不给你路走，是别人给你指路，你都懒得去走，然后到了没路可走的时候，再抱怨说“我没能力，我是 loser”。**

我一直觉得心态很重要，宁可自负，不可自卑。信念、观念虽然看不到，但是很能影响一个人的发展。你觉得你行，你就行；你一直觉得自己怎么这么惨，别人都怎样怎样，自己还是一点变化没有，那就永远没变化。A 君说，从刚毕业的愤青到经历了这些事情，自信被慢慢抹杀掉了，就和中毒似的，毒已深。我说我倒觉得那时候是中毒太深，妄想自己将来开外贸公司，越往后越是解毒的过程。从青涩到成熟，从狂妄自大到脚踏实地，任何东西都是从无到有。A 君又说，感觉赶不上人家，别人走一小步，自己走了好久还不及人家。我说如果你继续这样下去，只能越来越悲观，越来越跟不上。

很多人都这样，圈子小，眼界窄，看到圈里某个人很强，就羡慕嫉妒，其实世界那么大，比自己强的人太多太多。我们公司都是海归和名牌大学毕业的学生，每次聊到学历，我猜大多数人跟 A 君一样，会感到自卑。我不，我觉得我是外地小城的，是不知名学校的，可以跟他们坐在一起工作，我很自豪，同时也庆幸可以有这样一群同事，因为他们更宽、更高的眼界和思想，会进一步影响你。

很多时候有人说需要打鸡血，但是总有一些人你这边给她打鸡血，她那边找这样那样的负能量来反驳你，反正在她那里你就看不到一点阳光和希望。对 A 君真的有些恨铁不成钢，**我说别人给你阳光，你非要往阴影里钻，那如何才能带你走出来，让你变强大呢？！**这里应 A 君要求，写出北漂三年，我们因为不同心态、不同观念，走出的两种人生：我换了我喜欢的工作，北漂第三年稳定了感情，和男朋友一起努力，他买了车，我在父母的帮助下买了房，手里除了买房时拿的钱，还有点存款，我和男朋友在努力奋斗北京房子的首付。工作日努力工作，周末、节假日尽情享受着这座城市带给我们的便利。朋友圈大多是正能量的人，我们依然在进步。A 君说，她现在工作不顺心，未来比较渺茫，感情空白，朋友圈负能量的人多一些，感觉自己不快乐，累。不过我相信，她既然让我对比写出来，一定是她走出了黑暗，开始奔向光明。

自信确实是需要资本的，但是资本是自己创造的，同一起点，同一目标，不同的思想和信念，会造就不同的人生。你向着太阳，就总有阳光；背对太阳，注定永远面对阴影。其实任何时候都不晚，坚定你想要的生活，找一个既定的目标，任何时候都不放弃，遇到任何困难都不要这么轻易地就缴械投降，如此，理想的生活便会越来越近。

Part 2

独立，从一个人旅行开始

出发，也同时意味着抵达。如果那是必经之路，就无须质疑为何需要如此。持续地行走，总会看到天际的光亮。

Part 2

致远方

宋小君

因为年轻，胸中热血滚沸，所以坚信，脚下才是最长的路，
我能到达的，远不止这里。

远方：

你好！

小时候，我老爸在外打工，一年只回家几次。从小我就由妈妈照顾，也许是成长中缺少了雄性的影响，所以我小的时候，只让女人抱,陌生男人看我一眼我就会哇哇大哭。而我老爸自幼独立，十三岁就骑二八自行车载着百十斤的地瓜叶去赶集。

过年的时候老爸回来了,我们父子俩看电视,当时正播着《楚留香传奇》，秋官唱："天大地大何处是我家，大江南北什么都不怕。"

老爸感慨地跟我说，好男儿志在四方，可不能在家点灯熬油补裤裆啊。

我敷衍地点点头，心里却想着，我才不要离开家呢，我最害怕的就是远方。

当时，我去的最远的地方就是几个邻村，在邻村还被狗咬过，至今大腿上都有一个月牙形的疤。

远方就是那条狗。

它给我留下了一道疤，还有那深深的童年阴影。

老爸自然不能容忍他的儿子窝囊，于是提出要带我去青岛，到他打工的地方住两天，见见人间疾苦，培养培养男子汉气概。

那是我第一次离开家，去离家一百公里的远方。

在青岛，老爸住的地方看上去很心酸。搭起来的简陋平房里，用木板铺成了大通铺，住着四五个跟着老爸打工的糙老爷们儿。

当天晚上，晚餐是炸鱼和疙瘩汤。

睡到半夜，我梦见找厕所，找啊找啊找，天可怜见，终于在憋不住之前找到了，于是一泡长达两分钟的小便打破了深夜里的宁静。

第一次出远门我就尿床了，老爸的床上被我尿成了一片汪洋。

第二天，我又梦见找厕所。

第三天，我确定我真的找到了厕所，结果还是尿在了被窝里。

老爸忍无可忍，只好把我送回家。奇怪的是，一回到家，我就不尿床了。

也许尿床是我对远方畏惧的应激反应。

老爸没有放弃我，经过周密的计划，决定送我去一个绝对能提升男子汉气概的地方。

我和老爸坐了四五个小时的汽车，终于来到了一个偏僻得在地图上都找不到的武术学校，它隐藏在云山雾罩里，很像少林寺。

老爸连哄带骗，下一个蜚声国际的动作巨星就是你。

我竟然信了。

老爸把我安顿好，自己就坐车回家了。

我觉得我像是被郭靖扔在终南山的杨过。

第一天晚上，我跟着班主任走进学生宿舍，被眼前的景象吓到了。

这个由教室改成的学生宿舍，睡了大约一百个大大小小的学生，最大的估计开始梦遗了，最小的应该还在尿床。

班主任离开后，他们对我这个新来的 fresh man 产生了强烈的好奇心，他们围过来，打量我。其中一个瘦瘦高高的男生，一把掀开了我的褥子，我一惊，看到床板子上全是一个个窟窿。

我愕然地看着一张张黑黝黝的脸，疑惑地问："这是什么？"

瘦高男生冷冷一笑，坐到床板上，伸出中指，对着床板，啪啪啪戳了三个窟窿。

我惊呆了。

我抬头看上铺的床板，果然也全是窟窿。

后来我知道，这是他们欢迎新生的方式，也是晚睡之前发泄多余精力的渠道之一。

那一晚，在呼噜声、磨牙声以及各种非人类的声响中度过，直到凌晨我才沉沉睡去。

早上五点左右，刺耳的哨声就像是在我耳边响起的。我擦了擦嘴角的口水，睁开眼，发现所有人都在飞速地穿衣服。

等我反穿着校服裤子，跑在队伍里的时候，天还没有亮。早晨的寒风格外凛冽，说是猫咬耳朵一点都不夸张。我们围着山路跑，我跑着跑着就把隔夜的饭吐了出来。我出列，蹲在一边，吐到开始吐黄水。

教练问我："吐完了吗？"我说吐完了。教练说，那继续跑。

我忘了那天到底跑了多久，山路上，一个个冻得跟孙子似的男孩，在寒风里浑身冒着热气，像一个一个刚刚蒸熟的馒头。

跑回学校，我瘫软在地上。

这时有人喊，开饭了。同学们一窝蜂地冲上去，我从人缝里看见，中间放着三只高大的塑料桶。一桶馒头，一桶咸菜，还有一桶不知道是什么成分的淡汤。

我想起小时候我家养了一圈猪，每天就是拿桶喂它们的。

我看着布满黑手印的馒头，实在不想侮辱我的胃，就把饭让给了我的同桌——一个瘦得可怜的小子。他一把夺过去，开始狼吞虎咽。

吃过早饭，终于可以开始上武术课了。我激动坏了，完全忘记了第一天晚上看学长们用中指在床板子上戳窟窿的恐惧，还有那顿难以下咽的早饭。我仿佛看到二十年后自己站在纽约街头，对着一帮老外打拳，骄傲地说：Hey，yo，kung Fu，Chinese kung Fu。

我兴高采烈地跑到操场，和其他新生被集中在一片空地上。有一个小女孩站在操场上，我心想可能是哪个老师的孩子吧。

体育委员整理好队形，恭敬地退到一旁，大声喊："请教练。"

我兴奋地四下张望，想看看教练有没有李小龙那么帅，可是看了半天，也没看到教练的影子。我奇怪万分的时候，听到一个声音：今天我们练踢腿。

我低下头，不敢相信自己的眼睛，眼前站着的是那个比我矮大半头、比我小五六岁、鼻涕还没擦干净的小女孩，她竟然是我们的教练？这不科学，这是对我们的侮辱，我忍不住想要抗议。

这时，小女孩已经一边踢腿，一边喊起了“一二，一二”。

我承认小女孩踢得确实很高，我像她那么小的时候，也踢得很高。

接下来，小女孩又奶声奶气地让我们压腿，她竟然还装模作样地纠正动作。

我全程不配合，冷冷地看着这个小丫头。

小丫头转过头，看到我没有按照她要求的动作压腿，有些恼怒地看着我。我回瞪她，心想：别以为你小我就会让着你。

小丫头走到我面前，大拇指、食指、中指并起来，指着我问：“你是不是不服气？”

我冷哼一声，这不是废话吗？我堂堂大好男儿，凭什么让你一个七八岁的小丫头呼来喝去。

小丫头盯着我：“不服单挑。”

我哈哈大笑，简直胜之不武。

我站出来，看着小丫头："来吧，我让你三……"

我的脸贴着地，一股土腥气直冲我的鼻孔，头好晕。我勉强抬起头，只看到小丫头负手而去的背影。

是的，我被一个七八岁的小丫头片子给打了，这毁掉了我的自尊。

三天之后，我身上所有的关节都在疼，所有的肌肉似乎都肿了。

七天之后，练大劈叉，我疼得骂完了我会的所有脏话，连续几天走路都外八字，小便时只能扎马步以缓解疼痛。

十天之后，我找班主任老师哭诉，我想回家。

班主任老师是个结实的姑娘，她说，娘们儿才哭着喊着要回家。

为了不让班主任和同学们拒绝承认我的性别，我决定再忍几天。

二十天之后，上午跑完了五千米，我被高年级的同学欺负，藏在口袋里的两包方便面调料被抢走了。我再也顾不上什么娘们儿不娘们儿，我用身上仅存的几元钱打电话给我妈，哭喊道：“妈，救命。”

我爸风尘仆仆地赶来，帮我办了退学手续，把我领回了家，一路上我爸都鄙视地看着我，没有跟我说话。

后来我才知道，我妈给我爸下了最后通牒：你再不把儿子领回来，我就跟你离婚！

远方太可怕了！

简直不是人待的地方！

我再也不要去远方了！

十四岁，我上初中了。

中学在镇上，离我家四公里远。学校是封闭式管理，每个礼拜放假一天半，除了家就在镇上的走读生，其他住校生平时不准出校门。

这个如同监狱的远方，让我时时刻刻都想逃离。

当时我的班主任姓薛，是个刚毕业的二十多岁的小姑娘。

我每天的主要任务就是跟她斗智斗勇，我充分发挥了我的聪明才智，想方设法地从学校偷偷跑回家，甚至伪造走读生的学生证，以便通过门卫的检查。

每个礼拜放假回家之后，我都装病，病个一两天才依依不舍地回学校。

后来，我集合了几个和我志同道合的小伙伴。晚上八点四十下晚自习，在我的带领下，我们几个人佩戴着走读生的学生证，推着自行车混出去。

夜色中，我和小伙伴们骑车奔驰着。

晚上九点半左右，我们陆续到家。

我妈问我怎么回来了。我就撒谎说，学校宿舍屋顶塌了，要整修。

第二天早上，我六点起床，奔驰在黎明的薄雾里，赶回学校上早自习，假装什么也没发生过。

有一天下了晚自习，我又带着小伙伴们拿着假学生证往外走，结果看到了可爱的薛老师，已站在大门口等着我。

我被薛老师带回到她的宿舍。她大声训斥我：“大半夜的骑自行车走那么远，出事怎么办？你自己出事也就算了，你还带着别的同学！万一出事，我怎么跟人家家里交代？”

我倔强地一言不发。

薛老师就把高跟鞋脱掉，使劲踢我，直到把我踢哭了，她也跟着哭。

我其实一点也不疼，哭只不过是我想早点回去的权宜之计。

但是薛老师哭得是真伤心。明明是她踢我，她自己有什么好哭的呢？

我实在看不下去了，就服了软，说：“好了好了，我以后不偷偷往家跑了还不行？”

薛老师擦了擦眼泪，说：“你要是再跑，我只能叫你家长来了。”

我无奈地点点头，又说：“可是校服穿两天就脏了，我自己又不会洗衣服，穿着脏衣服我难受。”

薛老师叹了口气。

从此，每隔两天，我就把校服送到薛老师宿舍，一边复习功课，一边看着薛老师给我洗校服。

我那时的名字叫“宋军”。薛老师批改作业的时候，越看越不顺眼，她说：“宋军啊，我觉得你不应该叫‘军队的军’，你应该叫‘君子的君’。”

之后，我就改了户口簿。

薛老师给我洗了三年校服，一直洗到初中毕业。

晚上，薛老师找我去散步。

天气有点热，知了一直在叫。

薛老师穿着布的连衣裙，我至今还记得上面的图案，还有她身上洗衣粉的香味。

薛老师说 ：“宋君，你是男子汉，可不能一直这么恋家，你得去更远的地方，看更美的风景。”

我说 ：“可我有点害怕。”

薛老师捏捏我的脖子 ：“你记着，男人没什么好怕的。”

我迟疑地看着她。

她笑得像个穿布裙子的天使。

那个时刻，如果我知道什么是爱情的话，我一定会爱上她的。

在我的初中毕业纪念册上，薛老师写了八个字送给我。

“放开胸怀，洒脱生活。”

这八个字，还有薛老师的那句话，我始终牢记在心里。

我得去远方。

初中毕业，离开了薛老师，到了城市里上高中。

我身体发育得很好，个子长高了，胆子也越来越大了。

十八岁的少年，开始有了理想，有了喜欢的姑娘。

可高中永远都有做不完的卷子，写不完的作业。谈个恋爱要偷偷摸摸，生怕被班主任捉奸，通知家长。

看着喜欢的姑娘，因为学不好立体几何急得脸上冒痘痘，心疼得要死。恨不得一把火烧了教育部。

于是想带着心爱的姑娘私奔，去你的立体几何，想要逃离，想要自由自在地生活。用书上的话说，叫“生活在别处”，叫“诗意地栖居”。

从害怕远方，到渴望远方。

可惜那时候走不了，被锁着，被数理化锁着，被班主任锁着，被高考锁着。

心里憋得慌，无处发泄，于是写诗，写很多关于远方的诗。差点儿变成了徐志摩。

那时候，老师说，高考是通往远方的唯一出路。我和姑娘都信了。

于是分手，拼命，化荷尔蒙为学习的力量，希望杀出一条血路。

大学就是远方。

远方没有立体几何，没有时刻等着棒打鸳鸯的班主任。

想出省，想离家越远越好，我坚持认为只有出省那才叫上大学。

可惜，理科非我所长，最终还是折戟沉沙，赔了夫人又折兵。

高考失利，没能考上我心目中理想的大学。只能收拾行囊，孤身一人去了烟台。那里离家两百八十公里，要坐四个小时的绿皮火车。

烟台一到冬天就下大雪，一早醒来，白茫茫一片。

大雪齐膝盖，走在校园里，人人都像是矮了一大截。

抱着小不点，站在教学楼的天台上，透过漫天风雪看远方。

少年的心早已经飞走了。

那时候一心渴望着去北京。

北京就是远方。

烟台到北京，就是霓虹灯到月亮的距离，对于少年来说，一点都不远。

小不点预见到了什么似的，她说我野心太大，**一个男人野心太大，心里能留给姑娘的位置就不多了。**

我那时候完全听不懂小不点在说什么。

大二那年，我参加搜狐校园专栏作家年会，第一次离开山东，坐了一夜的绿皮火车，从烟台赶往北京。就像古时候赶考的书生，赶往京师。

小不点送我到火车站，给我系好围巾，眼神中流露出一种我看不懂的哀伤。

我当时过于兴奋，完全没有在意。

一路上，我都在想象着北京的样子。

看到“北京站”三个大字，我几乎欢呼起来。

这里就是北京啊。

那时候北京虽然堵车堵得厉害，但 PM2.5 还没有，顶多有点风沙。在我眼里，这些风沙和红叶一样，都有别样的诗意。

当天晚上，我就去了清华大学，走在校园里，想看看清华里的女生是不是长得不一样。

当时我就发誓，毕业之后要北上。

北京就是我要去的远方。

大学毕业，又面临分别。

小不点在姐姐的鼓励下，决定去巴黎留学。

我傻乎乎地陪小不点一起备考雅思，一起办签证，一起搜集关于巴黎的一切，一起说“笨猪”。

送走小不点的时候，我才意识到，当初小不点说的话、小不点眼神里的忧伤，到底是什么意思。

原来，远方除了遥远、野心、梦想，还有失去。

失去来得太快，无法阻止，来不及感受，只能喝一罐可乐冲掉心酸。

老妈不同意我去北京，她希望我子承父业，不要一个人去大城市遭罪。

老爸不以为然，说，趁着年轻，出去看看。

我又想起了秋官唱的“大江南北什么都不怕”。

我坚决去了北京，参加了面试。

被录用之后，北京分公司的领导让我去上海总部实习三个月。

我又从北京去往上海。

又是一个远方。

十里洋场和浓油赤酱。

刚去上海的时候，空气总是湿湿的，洗完的衣服似乎永远不会干。

和十几个陌生人合租在一套群租房里，打仗一样地抢厕所，洗澡洗到一半，会有姑娘突然闯进来……只能放下一张床的房间没有窗户，关上门就是夜晚。

后来我实在忍受不了隔壁那对年轻的情侣，搬到另外一处房子去住，开始了一段和三个女孩合租的生涯……

后面的事情，你们也许知道。

三个月后，上海的领导丢给我一道选择题：愿意去北京，还是愿意留在上海？

考虑到上海总部的女同事既温柔又漂亮，我毅然决定留在上海。

做出版，做编辑，做编剧。每一步都跌跌撞撞地走。

我从小喜欢写作，胸有不平，不写出来像憋尿一般难受。一直梦想去远方，靠写字吃饭。

大学的时候，和戴日强组文学社，为了做活动拉了妇科医院的无痛人流广告，把小卡片塞进女生宿舍里。

那时候，我们有几十个人，都渴望通过写作到达远方。

可惜毕业之后，大多数人没有走这条路。只有我和戴日强坚持了下来，互相吹牛，互相鼓励。我们坚信有一天，能够到达我们想去的远方。

《一男三女合租记》被改编成了影视剧。看到文字变成画面，看到故事里的人鲜活地站在我面前，百感交集，原来远方并不是那么遥远。

远方不仅仅是某个目的地。远方还是一种梦想。

我们的生活大都平凡，柴米油盐，挤地铁上下班，坐在办公室里侃大山。因为生活平凡，所以梦想才显得英勇，注定要拯救你我于平凡的生活之中。落魄骑士堂·吉诃德还骑着马打风车呢，穷小子盖茨比还渴望着富家千金黛西呢。**身体和精神永远都待在同一个地方，会成为困兽，困在原地，一点都不酷。**

梦想能带我去更远的地方，更远的地方又有新的梦想在等我。

因为年轻，胸中热血滚沸，所以坚信，脚下才是最长的路，我能到达的，远不止这里。

我得走更远。

在陌生的城市，想家的时候我就对自己说：
家不是让你待着的，而是让你去远方的时候，心里想着的……

曾害怕你的宋小君

Part 2

旅行

顾如欢

不管走多远，那都是旅行。

当你还是学生的时候，你买了两张地图：一张世界地图，一张中国地图,你郑重其事地把它们贴在墙上。或者是在慵懒的清晨，或者在闲暇的午后，你躺在床上，看着一条条经纬线交错，看着大陆板块和大洋板块相间，你闭上眼睛，你可以是和爱人站在埃菲尔铁塔下摄影留念的情侣，可以是站在伦敦特拉法尔加广场上喂食鸽子的中年男子，可以是站在罗马古斗兽场里感受荡气回肠的历史学家，可以是布达拉宫里虔诚的香客……那些场景在你脑海中一遍又一遍浮现，你把所有旅游的梦想写在日记本里，告诉自己以后一定要赚很多钱去很多地方玩。你觉得其实自己没有多崇高的理想，只是想抵达一些未知的地方。

当你长大一点，毕业工作了，你每天面对着形形色色的人。你白天埋头在一堆文件里挥汗如雨，偶尔被老板叫进办公室痛批一顿；晚上坐在电脑前，和天南地北的网友聊天、打游戏。周末，你关掉闹钟，等清晨的阳光刺痛眼睛缓缓爬起来看了看时间，再一头栽进温暖的被窝。然后，你被朋友的电话叫醒，你和朋友出去逛街、唱歌。晚上，你拖着疲惫的身子回来，解开领带躺在床上，看着桌面上那一个相框：里面你站在埃及金字塔下，一脸灿烂的笑容——这是你小心翼翼 PS 上去然后打印出来的。相框沉默地看着你，你也看着它，然后巨大的疲惫感压迫住你的眼睛，你缓缓入睡。

后来你结婚了。你有妻子，有儿子，你开始为房贷奔波，开始思考什么时候给家里添一辆车，为了帮儿子进一个好一点的学校，你到处走关系，为了业务和客户在酒桌上觥筹交错，然后在厕所里吐得一塌糊涂，你看着那些秽物难受得摇摇头，洗把脸再次回到酒桌。周末你带着孩子去游乐场玩，带着妻子去看最新款的衣服，你听着儿子给你唱着学校老师教他的歌，你不停告诉妻子“这件衣服你穿挺好看的”。回到家，你打开电视，主持人说富士山樱花盛开了，你心底微微荡起涟漪：你也曾想过三月某日，站在富士山下，一边和当地人喝着米酒，一边看着一朵朵樱花飘然而下，空气中散发着樱花香味，穿着和服的姑娘们不停地从你身边走过，甚至有美丽的异国邂逅。这个时候儿子跑过来，拿起遥控器，将电视转到动画频道，屏幕上小孩在笑，坐在你膝盖上的儿子也在笑，你内心叹了一口气，也在苦笑。

孩子长大了，结婚了。你对着镜子数着自己越来越多的白发，你看着皱纹慢慢侵蚀着你原来光滑的脸，你回家时总是忘记儿子交代买的东西，你把几乎所有的精力都放在孙子、孙女身上，你把儿子给你的钱全部塞进孙子、孙女的口袋，你打电话交代儿子有时间多回来看看。

孙子、孙女去学校了，儿子去工作了，老伴出去和别人唠嗑了，你在空荡荡的屋子里失落落的，偶然翻到年少的日记，从眼镜盒里拿出老花镜，颤巍巍走到院子的摇椅上，坐下来。你翻看着过去的梦想，你再次像年少时一样憧憬，憧憬所有远方未知的景色：你觉得你应该听过西班牙酒吧里歌手的弹唱，你觉得你应该感受过茶马古道上商旅满脸的沧桑，你觉得你应该看过地中海沙滩上女郎的婀娜多姿……

但是其实你并没有，你甚至没有离开过这个小城市。你的心开始叹息，你想回到二十岁，不顾一切地背上旅行包，**你突然觉得不管走多远，那都是旅行。**但是你的腿微微作痛，它告诉你，你真的走不远了。

电话响起，儿子说晚上要回来，你开心地对着电话说："好好！都来都来！"你走进房间里，把日记重新塞进书堆里，然后开心地拿着菜篮子去买菜。

那本日记本，你再也没翻出来过。

Part 2

一段旅行如何开始与结束

张佳玮

这种安闲自在的感觉，从味觉、视觉、触觉、听觉等一切所在渗透了你的身体，就像异乡的城市也有灵魂，特意溜达过来，抚摸了一下你的头顶，跟你说了声再见。

一个惯于旅行的人会发现，旅行的障碍，从开始规划旅程便出现了。首先，你会试图给自己容留出足够的时间，不想太匆忙，避免太疲惫；然后，你会比较几个酒店的条件和口碑，从早餐口味比较到浴室设备，务求让自己住得舒服；对所去的目的地自然也要细加算计，要在浩如烟海的旅游攻略里淘出真金，知道哪些所在不必去，哪些地方非去不可……当你习惯这一套流程后，你自然就会对旅行有这么一个概念。这就是旅行，连规划都这么费神。你必须为之付出一大堆时间和精力，自然而然，你也希望从中得到快乐的回馈——所以旅行简直成了一次重大决策，一次赌博。

于是你出门去旅游之前，搜索各地名胜信息，对比无数风景照片，根据预算，排列价格;你决定了要去的地方，于是搜索攻略，打听不可错过的冷门景区,筹划时间,让自己的日程可以满满当当。你对比每一个酒店的环境,房间是否有无线网络覆盖和早餐。最后，你对这个地区的一切，都已了如指掌，跟朋友聊起来，简直问一答十，除了没有照片为证外，你满可以张嘴说“我是那儿出生的”，朋友也都肯信。

你终于出门旅游了。你出发前一晚紧张愉快得无法入眠，早上醒来特意照镜子看自己脸色是否完好。你一路担忧着交通是否拥堵，从车到飞机每一环节是否到位。你在飞机上时想象走出机场那一瞬间，异乡的情景、空气、味道将从所有感官拥抱你，但你想到下飞机、找车、入住等一系列细节，又不由得头皮发麻。

你听着音乐在异乡下了飞机，但这还不是旅游的开始。固然你会在出租车上东张西望，希望瞥见一些美丽的所在。比如，你在巴黎经过夏约宫，会看见埃菲尔铁塔；你在东京经过新宿，会看见歌舞伎町；你在罗马国家大道上坐车，偶尔一斜眼望见远处的斗兽场，就高兴得像个孩子一样，但那是第二天才开始的。你对自己说：旅行还没有真正开始呢。**你真正意识到自己在旅行过程中，是自己在他乡吃第一顿饭时。**菜单上的异国文字，只闻其名未曾谋面的菜式都让你觉得自己真正到了远方。

到你在酒店醒来，开始在异乡的第一天，真正的旅行才开始。你满怀壮志，依照自己制订的精密旅行计划，开始一一探访名胜古迹。第一天你的拍照热情总是最强烈，每张照片拍完，总恨不得立刻上传社交网络，让亲朋好友惊羡。你还得顺便普及一下这些所在的历史渊源，以便让大家羡慕之余，外加钦服。第一天总是最饱满、璀璨又美好的，你在黄昏时候回到酒店，兴奋劲过去，才开始觉得累上心来。但不要紧，你想：这只是开始，以后的每一天都会如此快乐。

事实上，大多数时候，并非如此。

第二天、第三天、第四天，旅行安排依然璀璨华丽，但你的新鲜感开始退去。旅行的第一天像第一口巧克力或第一口啤酒，滋味令人惊艳，但当你的味蕾习惯了如此的感官体验，你会慢慢习惯。有时候，没等黄昏到来，疲惫已经袭上你的身，你甚至可能在某个午后，划掉一些计划中的名胜古迹，“这地方估计也差不多，不去了”，然后溜回酒店，抖开被单，睡觉去。

你开始不那么热情了，不那么想跟人说话了。黄昏时节城市里华灯初上时，你会在某个时节被攫住，忽然觉得孤单得不行。天晓得是什么，也许是橱窗里一个闪亮的玩具，也许是一张只有鸽子跟你分享的长椅，你会看见隔街的人们喧笑走过，但那热闹是他们的。**你明明在异乡旅行，许多东西触手可及，但又像是在隔着玻璃看一场流动的展览。**

旅行的精密日程安排，在末尾处已被你半自动放弃。越接近旅行末尾，你越处于一种惶惑之中。你觉察到时日无多，你即将回去了，回到规律的、平静的生活中。你有点想回去，想回到自家的床上，喝自己习惯的饮料，看看书，看看肥皂剧，然后安然睡去；但你又不想这旅行就这样结束。你像是在周日，出去闲逛了一天，在黄昏时，既疲惫得想回家，又想这一晚无限延长。这时候你翻出那些逛过的名胜古迹，会恍然间有种错觉："等等，我真的去过那里吗？"

但是会有一个时刻，通常在旅行尾声时，会给你留下永恒的印象。某个闲来无事的晴朗午后，你可能在等车，可能刚从一个博物馆后门溜出来想喝杯饮料，可能起床太早，时间没安排。你闲适地坐着，已经做好准备回到日常生活的怀抱，但还来得及给自己最后一点小享用。可能是一杯酒、一份甜点，听一首曲子，看看异乡建筑檐角的飞鸟和天空，你会忽然间觉得，**这种安闲自在的感觉，从味觉、视觉、触觉、听觉等一切所在渗透了你的身体，就像异乡的城市也有灵魂，特意溜达过来，抚摸了一下你的头顶，跟你说了声再见。**

你回到了故乡，开始继续过日子。你本来拍了许多照片预备跟亲朋好友炫耀，本来准备了无数见闻打算滔滔不绝陈述，却难免意兴索然。你会开始意识到，先前的疑虑可能是多余的：旅行可以很简单。旅行可以无关酒店、当地美食、行李托运、头等舱、热水澡、"你们酒店有没有 WIFI"、点牡蛎会附赠白葡萄酒的餐厅。旅行可能就是穿双好鞋子，穿上不会冻到自己的衣裳，订好票，打电话预订一个简单的住处，带上银行卡，出门，找到最近的车站或机场，去到另一个城市，走，看，走饿了吃，走累了睡。来去都孑然一身，跟朋友说起时也不必亮照片和纪念品，只是简单地说一句"嗯，那地方我去过"。

但旅行并没有完全结束。总有那么一个时刻，日常生活忙碌之余，你在窗边站着，偶尔听见一首曲子——那首在旅行时自己常听的曲子——会忽然想起旅行中的种种：那些名胜古迹、那些饮料、食物与甜品、那些飞鸟和天空，以及那一会儿闲适自在、无所用心的时光。你会觉得自己像一尾沉入水里的鱼，那些可以诉诸声色的体验感受涌来，如水流般变幻姿形、光影离合，包裹在你周围。这时你才觉得，这是一场旅行最美好的部分，虽然来得晚了些。

Part 2

我不介意你忘了我

夏丽柠

如果不是太过热爱生活，谁会愿意去拯救那些愚弄生活，甚至是调戏生活的家伙。

日本的青森是一座名不见经传的小县城，位于本州岛的最北端，三面临海。它与纽约、罗马和北京处于同一纬度，却以出产富士苹果、油菜和大蒜而闻名岛国。根据纬度决定论，青森一定有震撼世人的地方。果然，1909 年，日本著名的作家、小说家太宰治在青森出生了。五十年后，即 1959 年，一个叫奈良美智的小男孩也出生在这里。他的出生日恰逢父母的结婚纪念日。日本作家濑户内寂听说："人生在世界便相逢。"奈良美智的出生注定了他与一个大眼女孩要在一条叛逆的人生道路上相逢。只是在那出生时刻，就像是枝裕和的电影名字，一切还《无人知晓》。

在小小的星球旅行

奈良美智天生一副大帅哥的貌样，在英俊的外表之下却生着一颗离经叛道的心。在他的自传《小星星通信》的扉页，一片艳黄色里卧着一行小字："1959 年 12 月 5 日的早晨，我来到了这个小星球。"对于奈良美智来说，这不是一个大世界，只是一个小星球。因为在此之外，还有人类屡屡垂涎的外太空。然而，绘画中的想象才是真正的没有尽头的世界。他把“东京”叫作这个地方。他说“我现在正在这个国家的一处名叫东京的地方写着这篇文章”。很明显，他是个没有归属感的人。或者说，他是个善于漂泊、畅游天地的人。他来到这个小小星球，就是为了实现一场人生的旅行。

有读者问奈良美智：你的创作欲望从哪里来？他挠挠头，腼腆地笑道：小时候没有什么创作欲望，长大以后，想想小时候，创作欲望就来了。在童年的小镇上，他享受到了北国的春天和天上飘来飘去的云朵。他说，“如果出生在不下雪的南国，我想我一定不会待在家里画画的”。他的心里对自然世界有种时不待我的向往。小学一年级时就与两位要好的同学开始了人生的首次旅行。从此，踏上了此生未完的周游星球的旅程。

读书的时候，奈良美智不是勤奋上进的好学生。尽管功课也不差，却以呆头呆脑，时常走神发呆以显示与众不同。可他的画却画得不错，画作一直都饱含成人的气质，不幼稚，不孩童。国中时，他迷上了摇滚和西洋音乐，出入于咖啡店和夜店。我们完全想象不到，说话柔美、笑容腼腆的奈良美智是高中社团的积极分子，竟然进过柔道社和橄榄球社，还有宿醉和被带到警察局的经历。奈良美智说，那是坠落的快乐。这句有点像他后来笔下大眼妹的人生信条：反叛也快乐。

一颗不安定的心是无法在家乡故土生根的。高中毕业以后，奈良美智考上了武藏野美术大学。上学第二年，他将学费当作旅费，开始游历欧洲。“这趟第一次海外个人旅行，真是和现在的自己完全告别的一个里程”，听他这么说，我们心里不由得泛起了淡淡的忧伤。与自己说再见的奈良，有点像村上笔下的多崎作们。那年，他二十岁。

我也经常旅行，对于外面世界的迷恋就像中了毒瘾般一发不可收。其实，旅行中最有意思的部分不是踏上新鲜的土地，而是旧地重游。**在不变中寻找变动，是格外迷人的内心感受。**1983年，奈良美智再访欧洲。他发现，他的画作是可以根植于这片土地上的。结果，他决定从名古屋移居德国，与青森有着一样天空的德国。他把在欧洲游历的生活称作波希米亚似的生活。

2000年，奈良美智带着东西合璧的大眼妹回到日本。大眼妹，一个始终流露着愤怒和孤独的大头小身体的女孩，犹如这个小小星球的“叛逆”儿童。她拥有西方人眼中的东方形象，在东方人眼里却瞧着那么另类。美剧《摩登家庭》里被领养的小女孩，一出场便填满美国观众的想象，就是一个复活的大眼妹。可见，奈良美智的大眼妹已成为东方女孩在西方人心中的形象代表。

然而，在小小星球上的旅行，大眼妹与奈良美智注定同行。

我不介意你忘了我

毛姆说，“一个作家必须永远长不大”。或者，画家亦然。可一个画家的一生只画一种或是几种卡通形象的话，将是人生极大的挑战。而接受挑战的人必将拥有一颗激烈跳动的心脏，令人生鲜活有意义。他用画笔挑战生活，亦拥抱生活。我们只能记住奈良美智笔下的三个形象：头大身小的女孩、洁白如雪的小狗，以及身着绵羊装的儿童。女孩不快乐，人人都知道。她不会笑，总用一双吊眼打量世界和周围的人。她那么易怒，瞪圆眼睛，心中的恨仿佛要从身体里涌出来洗刷大地。可安静时，她又那么寂寞，让你不由得心生怜爱，将她拥入怀中。世界是怎么样的，女孩便是怎么样的。在痛与恨的边缘，她像一根孤草，随风摇曳，却仍努力拼搏。

边游走于小小星球边创作的奈良美智，将大部分在洛杉矶创作的作品收录在《用小刀划开》里。封面依然是女孩的一张大脸，素颜，怒气冲天，眼睛里流露的是不屑与绝望。一直有人形容小女孩的眼神不怀好意。我完全地不同意。一个形单影只、遗世独立的女孩怎么还会有不怀好意的情绪。孤寂与不安令她多么渴望温暖！奈良美智在《女孩宣言》中说：我要向那些装腔作势的家伙，竖起中指开火。**如果不是太过热爱生活，谁会愿意去拯救那些**

愚弄生活，甚至是调戏生活的家伙。当我们看到身着红装、手握刀柄的女孩时，内心里忽然涌动起一阵心痛。世界这么强大，女孩的勇敢显得那么脆弱，却又那么珍贵。村上春树说，无论在什么条件下，在鸡蛋与墙之间，他永远选择鸡蛋。而女孩就是一枚携带凶器的鸡蛋，仍然敏感易碎。一页接着一页，头扎绷带的女孩，额头贴创伤贴的女孩，边骂街边涂鸦的女孩，挥动小刀的女孩……她一直保持与世界作对的可能性，一直保持着战斗的状态。就像美国人对持枪的态度一样，这不仅仅是自由的问题，而且关乎权利。我们都有权利向这个世界宣战，不论输赢胜算，也不在乎别人眼光。

有人问奈良美智，为什么大眼妹形象越变越温柔？奈良美智依然笑，但笑里有点羞涩，不失厚重。他说，画着画着内心就变温柔了，笔画也温柔了，女孩也温柔。彩色的蜡画，流动的线条，天真的女孩。从“面对轻微的反对，一脸傲慢的神情”到“这里是哪里都无所谓！画，画，画个不止！”在《奈良美智 48 个女孩》里，我们见识了“后青春时期”奈良美智的转变。时间与岁月终于赋予了他愿意与世界部分地和解的心意。那个“愤怒”的青森年轻人在我们眼前轻轻滑过。“我不介意你忘了我。”奈良曾经这么说。我们大概也会忘记从前的奈良美智是谁吧？却会记住他为这个孤寂的世界增添的色彩，用柔弱的个体力量去对抗世界的恶！

悲伤时好想喊你的名字

奈良美智作为现代艺术巨匠，无疑为推动全球艺术发展做出了巨大贡献。他的粉丝遍布世界各个角落，不分国籍、年龄和肤色。他的作品巡展，无论是 2004 年至 2005 年的日本境内及韩国，还是 2006 年在弘前举办的规模宏大的“ATOZ”画展，都大获成功。

在韩国，一个叫赛荷的患有城市幽闭症的小女孩，在现场站起来对奈良美智说：“悲伤时好想喊你的名字。”奈良先是不好意思地笑笑，接着感动的表情溢于双颊。全场先是跟着奈良哄笑，接着爆发出雷鸣的掌声。这完全是对愤怒女孩的表白，抑或是对奈良美智的最高奖赏。

用歌手大野智的话来说：“奈良先生是位不可思议的人，他给人一种松了一口气的感觉。”这样的奈良却创造了令人紧张的大眼妹。作家吉本芭娜娜说：“奈良美智用糖果般的色彩，绘制出个中悲凉。”这样的奈良却成就了赛荷内心世界另外的模样。

就像奈良自己所说：“总有一天在某个地方……街角、展览的会展或电车中，或在定食屋……如果真的遇见，请叫我一声。”那个创造大眼妹的奈良就生活在我们中间。他是天生的画家，生活

、

的智者。就像坂本龙一、小野丽莎和黑泽明一样，他是从日本走向世界的艺术家，是东西文化融合的贡献者。

如果我们悲伤，请喊他的名字；如果我们路遇，请喊他的名字。他叫——奈良美智！

Part 2

天涯海角，唯愿珍重

谢园

时间在不断冲刷浮于表面的碎屑和泡沫，
最终帮我们把重要的部分留下来。

1.

前几日，与父母及母亲的朋友一道驾车出游。

青山绿水，人烟稀少，湖畔伫立着古老寺庙，道姑说寺庙唐代就有了。

母亲和阿姨带了香烛和纸钱，在香炉前燃烧。

我看着不灭的烟火，似乎看到人生不灭的希望，缥缈的青烟，无形在风中散开。

在佛像前跪拜，为父母朋友和自己祈祷，祈祷的全是平安健康和喜乐。

不记得从何时开始，很喜欢凝视佛像，永恒的平和与慈悲的表情，总是能够安抚到心里所有的情绪。

寺庙共有四层，一层一层爬上去，站在观景台眺望，视角极好，黛绿色的群山，蜿蜒的湖道，澄澈的湖水，还有湖泊中间露出来的一大块像狮子形状的石头。

很久没看到如此美的自然景象，再想到这经过千年风吹雨打的寺庙，内心不住涌起感动。

眼前的景象，就如《庄子·知北游》中所说：天地有大美而不言，四时有明法而不议，万物有成理而不说。

与母亲并肩站在观景台，蓦地想到她这些年为我的付出和奉献，从来都是那样地心甘情愿。

真正的爱就是这样吧，心甘情愿地奉献和牺牲，不计较回报。

母亲是很独立坚强的女性，她们那一辈的人，大多都非常贤惠持家，秉性良善。

我问过她几次是否觉得自己幸福，她的回答都是——知足常乐，她觉得自己过得挺幸福的。

这么多年，她一直信奉自强、自立、自尊和自爱。

或许正是由于她坚信的这些，给了我一个很温馨开明的家庭环境，也给了她一个美满的婚姻。

年纪愈长，愈发觉得母亲是个很睿智的女人，我需要向她学习的智慧，实属良多。

2.

去闺密 M 家探访她和刚满月的宝宝。

这个从我十三岁就出现在我生命里的女人，如今已为人妻为人母，聊起过去种种，我们都不禁感慨无限。

曾经一起哭一起笑，一起学画画一起夜聊，一起旅游一起熬夜，太多的一起了。

整个中学时代，我们都是彼此生活里如影相随的陪伴。

我开玩笑说："我当学霸的时候，你就开始谈恋爱，我现在还孑然一身，你就已经当妈了。"

"你以后也会的。"M 边喂奶边对我说。神色依然是我记忆中的那般淡定和安然。

"我结婚还早，谁知道会不会有那么一天，也许有些人真的不适合婚姻，比如我。”我说。

M 瞥我一眼："你傻不傻啊，总说傻话，你肯定会遇到的，你这么好。"

和闺密 Y 坐在面包房，喝青柠茶，吃蛋挞，吃甜品，聊天。

Y 是我自高中时代以来的闺密，一直觉得她身上有股侠气，保护着我和 M。

聊起过去的一些事情，向彼此吐露着内心深处的秘密，各自流下泪来。

我看着她，想起几年前，她曾有次在我 QQ 上留言说："你要记得，我是你永远的港湾，不管你在哪里，都要记得我爱你。"

陪伴是最长情的告白，我曾跟母亲说，M、Y 和 L 是我压箱底的闺密。语气中不是不骄傲的。

时间在不断冲刷浮于表面的碎屑和泡沫，最终帮我们把重要的部分留下来。

一些人，一些事，一些情怀，成为心中的不可替代。

3.

一个多月前，我和大学时期的恋人 K 恢复了联系。

四年不见，我们像老朋友一般谈天说地，内心毫无挂碍。

没有任何暧昧，也没有任何怨恨，有的只是云淡风轻般的释怀，及与过去和解的坦然。

聊了很多，不可避免地聊到我结束不久的那段恋情。

K 说："傻丫头啊傻丫头，时间会治好你的。做自己该做的事，不经意间你曾经在乎的人的模样可能都模糊了。"

他此番安慰我的话，缘于他去年回国，去了北外，就那样巧地与我擦肩而过，可是我居然没有把他认出来。

世间真的没有过不去的事情，只是当身处痛苦和执念中，看不到全局，没有足够的信心进行自救。

事后就会明白，这个世间只有回不去，所以要原谅，原谅自己，也原谅他人。

允许自己的失败，败给人性的复杂和深不可言。

三个多月过去了，我开始觉得，当初认为错误的决定，如今看来最正确不过。

当初让自己伤心痛苦的，现在想起内心已无任何感觉了。

当初总是坚持自以为是的缘分，到后来才懂得顺其自然，看花开无声。

其实，**我们都没自己想象的那么深情，因为深情要留给值得的人。**

其实，没有什么是过不去的，只要能放下执念和幻觉。

4.

2014 年的上半年，已经结束。有过的精彩、悲伤、欢笑、眼泪，都已经成为过去。

2014 年的下半年，很多事对我来说，仍然是未知。

我渐渐懂得，对当下需投入但不需要太多的粘滞和留恋，对未来需憧憬但不需过分期待和畏惧。

虽然安定对于我来说还是很难，虽然我仍是在路上随时准备出发的人，但是我愈发笃定自己有过好生活的能力。

人总要在一次一次的经历中学习，学会等待，学会信任，学会自处。

淡然从容的自处，总是要胜于在关系中卑微而损伤的碎裂。

闺密 L 曾说："看着过去，你才会相信时间。"

过去我们曾倚赖的、曾信仰的，都曾失去过、倒塌过。

当时间长到让我们看清来时路和前路的走向，我们就会懂得，那是故事最好的结局，从而感谢那些离开我们的人。

所经的苦与痛，笑与泪，都会在时间的流逝中稀释，最终我们都会得到治愈。

治愈后的我总会再度出发，因为内心深处感受得到远方的召唤。

出发，意味着告别。

就如我在欧洲旅行时，见了那样多的旷世美景，可是也终须告别。

出发，也同时意味着抵达。

如果那是必经之路，就无须质疑为何需要如此。持续地行走，总会看到天际的光亮。

假期，还有几日就将结束，而我又将离开。

此刻告别，不知相逢何时，能够留下一些美好的值得回味和感激的所在，已是幸事。

世事无常，顺其自然。

天涯海角，唯愿珍重。

Part 3

一个人也要好好吃饭

这个世界其实也很温柔，相信唯有美食才能温暖孤独的人。去发现一种新的单身生活方式吧，去把一个人的生活过得更有品质吧。也许在不久的将来，你会遇见一个陌生人，你要轻轻告诉 Ta ：“来我家吧，我给你做早餐。”

Part 3

肉食者鄙，可我爱吃肉没法子

张佳玮

所有的调味料和食材都无法取代的，
还是花了时间，好好做出来的，最俗气的肉。

我做麻辣豆腐吃，法子很土，力求简单。回家闷上饭，开始切豆腐，烧水，水开了，把豆腐略烫一烫，满锅白茫茫，烫出豆腐香味。某人在沙发上闻见了:“哟,今天吃豆腐！”我如果回一句:“对对，是吃我的豆腐”，这就像相声翻包袱。

绝大多数时候,切豆腐这工作,还是由某人做的。她切豆腐时，我就预备姜、蒜、豆瓣酱。肉糜是先切好的，搁冰箱里，这时候拿出来，狠抓一大把。

豆腐、姜、蒜都切得了，豆腐照例烫着，起油锅，下许多油，下姜、蒜、豆瓣酱、花椒，炒料；炒香了，撒肉糜，颜色炒深了，下豆腐。翻一下，不敢炒，怕豆腐烂了，就是把料匀净都抹到了，等油暴跳如雷闹一会儿，下点儿水，烧。水快收完时，想得起来就下湿芡粉调一调，想不起来就直接撒点儿辣椒粉，让豆腐油滑的表面麻沙沙的。这时候，饭也好了。趁烫，把葱花往豆腐面上扔。一是好看，红配绿一台戏;二是好闻，生葱被麻辣的豆腐一烫，香得往鼻子里跳。

我一开始，还舍着脸，跟朋友吹这是麻婆豆腐，等人走了，某人说这压根不算——豆腐是超市买的北豆腐（在巴黎买豆腐很撞运气），调味也不对，除了豆瓣酱，就没一样是靠谱的。要真在四川，你敢开馆子，端这么盘上去，人家糊你一脸。不过好在方便，配白饭吃个稀里哗啦，也凑合了。

第二天见朋友，朋友很给面子，说我做的豆腐香，“我就做不到这么好”，问我秘诀何在。我问了问他的做法，对应了一下我的，结论是：“好像是，我第一舍得比你放油，第二舍得比你放肉。”

我跟人聊这个，有个不爱吃肉的朋友也承认：“我是不爱吃肉，但许多东西，加了肉，是好吃得多。”我说，所以袁枚写了，炒素菜须用荤油。我那朋友听了点头，说：“就好像我炒青菜要加香菇——香菇不是肉，但有肉的感觉。”

有一回，我炒了麻辣料，看冰箱，发现没豆腐了，一时愣住。锅里姜、蒜、豆瓣酱跳，锅旁肉糜发呆，饭快闷好出锅了，临时不能换，救场如救火。我想了想，多抓了一大把肉糜——大概够捏五个丸子的量——下锅狠炒，另洗出些生菜叶来。把炒得的麻辣肉糜包生菜里捏团，上桌。这是我以前看菜包的吃法，只是菜包包的是蛋炒饭。开始惴惴不安，一吃，还行，菜叶子沙啦啦，肉糜滋滋唧唧，也能下饭;蘸点蒜泥更好。就是没包好，拿着菜包，顺手流红油，手忙脚乱的。

法国超市的鸡我买过，炖出来汤，闻着有戾气，不温润、不谦和;喝的时候，有腥气，姜也压不住，好像鸡在汤里都愤愤不平，不想让我吃。好在肥大，可以用来炸。切好煮过了，搁在咖喱里，也能做成咖喱鸡。

亚洲超市里到处有咖喱酱卖，一半是日本产，吃着偏甜；一半是印度产，但总嫌不够浓稠。我买咖喱粉。要吃时，先把土豆切块，炒；炒出土豆香了，下咖喱粉，下大量的水，慢慢熬。这一锅熬上两三个小时，土豆也灰头土脸没了俊朗外型，水、淀粉和咖喱粉也融会贯通了，下煮过腌过的巴黎肥鸡肉，继续闷着。起锅了，咖喱、鸡和土豆倒在饭上，咖喱倒比饭都多。锅底还有些咖喱，都凝结了，使铲子刮下来，淀粉质，搁着。

谷琦润一郎以前说，日本人用黑漆碗盛白米饭，黑白分明，色彩凶烈，尤其催人食欲。我看咖喱才是：浓黄香稠一大片，站白米饭旁边，显得米饭格外好吃。

咖喱酱和鸡一顿吃不完，可以搁冰箱。冷透了之后，口感微妙，半凝略冻，吃着简直有点脆；放热白米饭上，慢慢融化，入口简直听得到“嘶”一声，本来被冻封住的香味，忽然就出来了。鸡身上裹了半冻的咖喱酱，吃到嘴里半融时，居然让我有吃鱼冻的感觉。

巴黎超市都会卖当天的三文鱼，最新鲜的不便宜，便宜的新鲜不到哪里去。我买便宜的那种，还是略冻一冻，切，刀子下去，听得见“些些”的声音。一片片鱼，半个巴掌大，堆一盘，然后找酱油和山葵酱。

新鲜山葵香味之妖异，为我生平所仅见，可惜没机会常吃。山葵酱也香，只是我许多朋友，怕山葵冲，都是把山葵调酱油里。其实山葵刚见天日时，就抹鱼一面上，另一面抹酱油，休叫这俩冤家见面，进了嘴混嚼，鱼味道就活了，鲜甜饱满，冲鼻子。好吃。

我试过，片好的三文鱼，蘸过了酱油，盖在剩饭上，蒸了拌一拌吃，味道很香；也可以把这三文鱼酱油吃透了，盖冷饭，搁上山葵酱，加一点滚烫的淡粗绿茶，出来的茶泡饭香得要命，配生姜吃，吃完了就打饱嗝、打喷嚏，天灵盖到脚底都暖和通透。

苏轼说烧猪肉，少着水，柴头罨烟焰不起，就是少水，微火，慢慢来。我去波尔图时，吃到了一味上好的波尔图酒炖猪肉，香酥入骨，老板说，多放酒，总没错的。

我做红烧肉，跟格格巫调试剂对付蓝精灵似的。炒糖色之类已经懒了，就是猪肉煮过，炒一炒，再加老抽、生抽、姜，心情好就醋和霉干菜来一些，最后很豪迈地加酒。葡萄酒，比水还多，慢慢炖。

我是真不会调味，下起料来也随心所欲，初闻味道乱七八糟，但时候一长，猪肉很耐心地，把这些味道调和了，你听着咕嘟咕嘟的小声音，就闻得见甜郁香味了。出锅时，肥肉嫩软如豆腐，瘦肉利落如丝柳，饱满香甜。肉汁用来拌饭吃，单这个我都能吃一碗。

肉是分好坏的，好肉会打开人的视野。我在佛罗伦萨一家叫ILlatina的所在，吃过当地名产牛肉，太好吃。一公斤的大牛排，上桌时貌不惊人，烤得焦黑，乌沉沉一大坨。但你切开一块，便看见牛肉层次了：外黑，是烤焦脆了的；内红，是生牛肉；中间略有泛白，是已经烤热但还没流失的肥牛肉脂肪。赶紧吃，第一口，觉得外面的黑肉焦脆但略咸，里头的红肉汁鲜但略淡；嚼了几下，牛肉是越嚼越有劲，咸味和牛肉汁兑在一起，味道妙不可言。吃一口肉刚觉得腻口，喝一口甜酸的店里专配的红葡萄酒，全救回来了，接茬吃；吃完了，满盘冒热气的牛肉汁，真不舍得浪费，就着面包稀里哗啦都吃完了，咕咚咚把酒灌下去。

扯远了。肉好时，可以直接烤，不加料都好吃。肉不那么好时，就得靠拖时间。17 世纪时候，荷兰人很可怜：普通市民一周吃一次肉，还不是新鲜的；过年吃一种东西，叫多味肉糜，把猪肉、牛肉、羊肉、鹿肉等搁一罐里，加盐，加奶酪，加肉豆蔻，死[illegible]——我看着这记载，都不想吃。法国人那时嘲笑荷兰人做肉汤，主要就是看低他们：“只炖一小时，也叫肉汤？”

所以说，还是苏轼说得对：火候足时他自美。炖肉，赶[illegible]不是好肉，就得花时间。

我买过一只地道法国鸭子，发呆，不知该怎么做。某人把鸭子要过来，略炒，扔进大瓮里，扔进她从重庆带来的酸萝卜，另外调了些料，跟我说别管了。一下午，瓮里传出醉人的鲜味，我这才知道鲜味真可以醉人，是那种喝酒之后，既享受又受刺激般“嘶溜”吸口气的感觉。鸭子吃起来醇浓得很，每块肉都发酵过似的香。某人对付大猪蹄，也是处理完毛，煎一煎，就和黄豆搁一起，不放盐，慢慢炖，一整天下来，皮脱肉烂，筷子一划拉就四分五裂，整块精肉从肥肉里滑出来；就拌点儿重庆用来吃豆花的酱，就着肥瘦相间的蹄子吃；临了原汤化原食，喝汤，鲜得很适口，没有那种喝了一口，要喝下一口得蓄一会儿气力的侵略性，就很温淡的鲜。

先前说了，法国超市的鸡不好吃，但亚洲超市有卖三黄鸡和老母鸡，不如法国超市的鸡肥，但至少熬得出汤。我妈炖鸡汤好，我从小吃，我妈就逢人说，“张佳玮从小到大吃掉了一整个养鸡场”。我外婆家桥旁，真有个养鸡场，每次去，我妈都指：“那养鸡场就是被你吃掉的”，我小时候还信以为真，觉得自己亏欠了那些鸡……某人喝了我妈的鸡汤之后，也夸说，水准不下重庆的邱二馆。我每次临走，妈都要千叮咛万嘱咐，还特意把秘诀录成微信语音，让我随时听。我去华人超市里，买收拾好的鸡。回家，剪掉鸡屁股，冷水煮起，去血沫；去完了，加姜和葱，煮到沸腾，下酒，大煮十分钟，沫子撇掉，就慢火熬，到临出锅时放盐。我没用黄酒，改下了葡萄酒，刚下锅时闻着味很怪，我怕鸡汤出来都酸甜了，可怎么吃？！煮完了，还是香。鸡汤的鲜香，锅盖闷不住，满房间都是，郁浓重，灌鼻子。某人闻到了，就说：“鸡味太重了！开窗开窗！”

我因为懒，都不肯斩开鸡。周末午后把鸡炖上，不管了；黄昏时分，等鸡炖烂了才上桌，汤清澄微黄，泛着油汪汪——完全没有油的鸡汤可能比较健康，但没那么香——筷子一横，鸡肉丝缕分开，就着吃。吃到最后，鸡只剩骨头了，捞出来；鸡汤且放着；到半夜，剩饭在鸡汤里略一煮，成汤泡饭，下豆腐干切片、小青菜，煮完了，都好吃。从头到尾都没秘诀，就是花时间。

世上有了姜、葱、蒜、盐、酱油、酒、醋、麻油、味霖、奶油、鲣节、山葵、豆瓣酱、豆豉、茶叶、紫苏、干酪、辣椒、花椒等等等等让食物点石成金的东西，可以让一切食物改头换面。但到**最后，所有调味料和食材都无法取代的，还是花了时间，好好做出来的，最俗气的肉。**

Part 3

人生忽如寄，寿无金石固，不如饮美酒

张佳玮

人生忽如寄，寿无金石固。
不如饮美酒，被服纨与素。
——《古诗十九首·驱车上东门》

我不太会喝酒，只爱尝味儿。但**喝酒的好玩处不只在酒，在喝酒的人、情境、心情。不同的地方，喝酒的风范，真是不太一样。**在巴黎过圣诞节，我和几个中国同学说要喝酒聊天，拉人来凑热闹；一个俄罗斯女同学听了，喜动颜色。当天晚上，我们围着自家的吧台，打开一瓶甜白葡萄酒，各斟半杯，正且饮且饮，有兴冲冲的敲门声。开门时，见那俄罗斯女同学背个大包压弯了腰，忍者神龟般杀进来。拉开包拉链：伏特加、葡萄酒、梨子酒、苹果酒、各类果汁、啤酒、杜松子酒、朗姆酒，还有一包波兰菜馅大饺子。她抬头看看吧台那孤零零一瓶酒，满脸疑惑："你们不是要喝酒吗？"

各人心里，酒和酒又不一样。比如我外婆生前，就觉得酒只分两种：凶的，不凶的——凶的是蒸馏酒，不凶的是酿造酒。我妈则认为酒该这么分：南方人喝的，北方人喝的——对北方人的酒量，我们江南老一代深为敬畏，谈虎色变，平时饮宴，南方朋友叫板，任怎么喝都奉陪；遇到北方朋友，上桌前先给人认个㞞告个罪，才敢动杯子，还经常叮嘱我们别和北方人喝酒：

"一过扬子江，酒量不一样！"

我叔叔当年结婚，场院里摆酒席，杀翻两头猪，请遍同僚；三位山东来的同事，只坐在角落里，微笑，喝酒。本地无锡小伙子，年轻气盛，能对着啤酒瓶吹喇叭，就觉得自己有本事了；举着啤酒瓶，上前去挑事：“听说北方朋友能喝，咱们干一个？”山东老乡摇头：“不要了吧……”无锡小伙子不更事：“不行不行，大喜的日子！”山东老乡三四番推不过，于是来了句：“我们不习惯喝黄酒和啤酒，这样吧，你们诸位喝啤酒、黄酒随便，我们陪着喝白酒，如何？”

结果是：等猪头肉上桌时，无锡小伙子全被啤酒干倒了；山东老乡稳如泰山，继续一杯一杯，喝水似的抿着白酒——这酒量！

山东老乡喝不惯的黄酒，在江浙这里，是老一代命根子。好黄酒使稻米酿就，没蒸馏，甜软香糯，易于入口，明清时叫作南酒。《金瓶梅》里，西门庆经常送人一坛南酒，四样小菜，算一顿了；曹雪芹自己说：“有人欲读我书不难，日以南酒烧鸭饷我，我即为之作书。”南酒烧鸭，是很南京式的吃法。《红楼梦》里，写过无锡的惠泉酒，王熙凤请嬷嬷吃；刘姥姥也喝黄酒，不怕过量，“横竖这酒蜜水儿似的！”——就是个甜。

我父亲那辈江南人喝黄酒，四季不能离手。夏天晚上，街边小店，冷黄酒下点儿冰糖姜丝，叫一盘炒螺蛳一盘炒韭黄，兄弟们就能敞开聊。到冬天，主妇们都要骂："黄酒不能冷喝！——烫热了喝！"讲究些的，把黄酒壶搁热水里；图痛快的，就用铫子搁灶上，黄酒热得满屋飘香，大老爷们乐颠颠跑去，抿一口，眯着眼，嘴里发咝咝声，美得很。余华《许三观卖血记》里，每次许三观卖完血，就去酒店，很仪式化的：炒猪肝，黄酒温一温——在老年代，这就是最受用的事了。

我爷爷，晚年住在乡下，就喜欢春夏秋吃饭时，把小圆桌支在门口，蹲在凳上，头顶着樟树、夕阳和虫声，滋溜溜，一口口抿黄酒，跟邻居聊；平时耳朵听不见，喝了几口黄酒，就听得见了。

凡糖分重者皆可酿酒，比如梨子酒、苹果酒、椰子酒，但在欧洲，到底是葡萄酒最时兴。欧洲人和中国人有一点略相似：越是靠南方，喝酒口越甜。法国南部的甜白葡萄酒，诺曼底人喝着要皱眉，嫌腻；但法国人到了波尔图乃至马德拉，又觉得这甜得不正经。欧洲南部嫌普通葡萄酒不够甜，爱制加强型酒：趁酒发酵时加酒精，逼停了发酵，保留了糖分，比如西班牙雪利酒，真有甜到腻在嗓子眼里的。

葡萄牙波尔图，杜罗河上有路易一世大桥，桥两边河岸，酒窖横罗一气，还有些古酒窖会保留前代壁画：古代欧洲人贵腐葡萄，是要靠大家勾肩搭背、使脚去踩的！当然到现在，也还是有些酒庄会使这手段——题外话，日本人制味增的传统法子，其实也是使脚踩，唯如此才能揉混得均匀——虽然看着不舒服，但效果确实好：波尔图酒极好喝，爱喝甜的、酒体饱满的，会觉得比法国酒更胜一筹。当地人自吹波尔图水土好：土地有沙层，葡萄根扎得深，又有阳光和风，葡萄和酒都格外甜。

欧洲迷葡萄酒的人，真可以为了一种酒死去活来。我认得一位住在巴黎的比利时人，平日只喝比利时的啤酒，不爱喝葡萄酒，嫌甜，嫌涩。某冬天，去一次超市，买了鹅肝和超市推荐搭配的白葡萄酒：是居朗松产区一个无名酒庄的 2011 年新酒，既不著名，又不醇厚，可是果香莹润、入口甜浓、色彩金黄，于是他一头栽进去，再不肯喝其他酒了。可恨那酒庄小，超市进货有限，只有五瓶，都被他席卷一空；不到两周，喝完了，如丧考妣，茶饭不思，人都瘦了。到了开春，请个假，坐了车就赶去居朗松，回来时提了一箱，满面春风："我又能活了！"这回喝起来，小心翼翼。有一次请我去聊天，倒了一杯。我喝一口：这瓶酒开了之后，搁了些时间，酒味都变了，除了果香，还泛糖药水味道。我跟他说，不妨喝快点儿，何必这么惜酒如金。他也委屈："我就这么一点儿，喝完了，以后怎么办？！"

中国的白酒、伏特加、威士忌、白兰地、朗姆酒，包括韩国的烧酒，都算蒸馏酒，都凶烈。我小时候不懂，听说朗姆酒是甘蔗酿的，想一定甜得很；喝一口，其烈如火，满嘴如刀割，愤而罢喝，心想这有什么好喝的？——到了解酒精的好处，是后来的事了。

酒鬼的世界，外人无法理解。对普通爱好者来说，威士忌、伏特加、朗姆酒们得调，调得容易入口，才好喝。可对酒鬼们而言，这就是暴殄天物：我看过一些苏格兰人写的论述，他们会为威士忌加不加水大吵起来；对烈性酒钟爱的，会觉得威士忌里加水或冰，其罪大过打老婆；俄国人会跟你说，门捷列夫（对，就是制作化学元素周期表那位）好容易确定了酒精度38的伏特加最妙，要蒸馏出这么纯净的酒，真也不易，你还偏加水和果汁去稀释——那还喝伏特加干吗呢？这好比在中国喝惯白酒的，一听人说要往白酒里搀东西，立刻就能发作——拿白酒泡个虎骨虫草，制成药酒，行；往白酒里搀水搀果汁？跟你拼了！

伏特加眼下正占领世界，把龙舌兰酒、波本威士忌、白兰地、朗姆酒们一一压倒，其妙处何在？我跟一位爱喝伏特加的法国同学聊，他的答案：纯粹。

伏特加的味道很纯粹：除了酒精，就是水，所以你可以往里面无限乱兑，不用怕兑威士忌似的遮盖了烟熏味儿。不兑味道，也行：扬脖子就喝，除了酒精就是酒精，香甜辣，都在里面。烈性酒爱好者，把烈性酒全叫作spirits，就是讲求个纯粹啊！

伏特加的法子也纯粹：不用特意供着，没什么仪式化情节，不用像珍藏的珠宝似的小心翼翼。平时搁冰箱里镇着，冬天要出门，喝一大口，满嘴甜辣香，一条冰线下肚，须臾就全身暖和起来，头脑略有点儿飘，还没醉，但仿佛一根紧缚着思绪的绳子，被解开了似的。坏处是我出门跟人聊天，朋友警惕地看我："张佳玮你喝酒了？""嗯。""什么酒？""伏特加……"朋友立刻圆睁双目："你是酒鬼啊？！"

白酒我不懂，但我爸喝惯白酒后，觉得黄酒和葡萄酒只是饮料："小孩子喝的东西。"他能尝出有些酒有水汽，不厚，好的酒应该醇厚绵甜。有位辽宁营口来的姑娘到上海时，找我玩，我请她去东北人开的饺子馆吃午饭。她吃了两个白菜羊肉馅儿饺子，停了筷，眼愣怔："缺点儿啥。"我问她："馅不对吗？""不是。"扬手叫老板，"先给我来点蒜，再来瓶二锅头！"蒜来了，剥开啃一口；开了二锅头瓶子，喝了一大口酒，脖子梗了梗，眼眉一下就软了，笑意尽在眼角荡漾："这就对了。"她请我喝一口，我却情不过，也来了一口，就觉得大脑里闪了个鞭炮，咚一声晕乎乎，不由自主就笑起来："好喝！"然后话匣子打开合不上，哗啦啦的。就蒜，就酒，纯素馅儿的饺子都格外香而有味。

啤酒论该是麦芽酿的，历史书说典出美索不达米亚平原，延至埃及：修金字塔的诸位就喝啤酒抵抗烈日，克里奥帕特拉女王还用啤酒来洗脸。但那会儿的啤酒没有啤酒花，太甜了。直到啤酒花加进去，才苦中带香，清新爽冽。

17世纪，荷兰人喝啤酒多过喝水：因为他们填海造陆，跟海水抢土地，淡水太稀有了，反而是进口啤酒，还便宜些。荷兰周边，德国、比利时都产好啤酒，古代最好的啤酒和葡萄酒都出自修道院。我有位法国老师，每次聊到中世纪宗教史，总忘不了补这一段，补完了就慨叹，觉得中世纪教士真会享福。

好啤酒不能等，也不宜咂嘴慢品；倒满一大杯，泡沫盖住酒，以免香气逃逸；趁冰凉且泡沫丰满时，尖着嘴伸进泡沫里，咕嘟嘟一气儿喝完，痛快至极。待久了，凉意也去了，泡沫也散了，只是一杯苦水，无趣得很。我大学时去青岛玩，黄昏向晚，从栈桥出发沿路溜达，买罐啤酒，看见有卖烤鱿鱼的铺子——青岛遍地都卖烤鱿鱼——就买一堆；因还没到中夜，生意还没到最红火时，膀大腰圆的老板也闲着，就摸出一塑料袋啤酒来，自己喝一口，问我：“要不要？”我给吓着了，说我喝罐装的就成；老板点头，于是又豪迈地咕咚了好大的一口，圆起腮帮漱了漱口。

说回开头，我那位俄罗斯女同学，看着生猛，在俄罗斯人里再正常不过：俄罗斯真是战斗民族，说喝酒，那就是真喝酒。在我故乡，无锡、苏州、上海这一带，喝酒也叫“吃酒”，顾名思义，喝酒需要就菜：炒螺蛳、炒花生、凤爪、铁板烧、卤牛肉、酱鸭、海蜇头、炒韭黄、白切羊肉，数之不尽，几百样小菜，围着一两样酒；我看俄罗斯人喝酒，常是两三样小菜——腌黄瓜、大饺子、香肠——配许多种酒，那是真喝酒。伏特加自是主流，啤酒当饮料随时灌着玩。

我在威尼斯往佛罗伦萨的火车上，见过一位俄罗斯大叔：几个酒瓶子串好了，提上车，叮叮当当，一落座便开始喝，干喝，喝到下车，摇摇摆摆，边喝边哼歌。但俄罗斯人喝酒有样好处：除非喝吐喝倒了，否则妙语如珠，而且有种奇怪的、拘谨的礼貌；喝着酒呢，就开始用如诗的语言，描述自己颠沛流离的人生——你很容易就听迷了。那位俄罗斯女同学，原来在俄罗斯唱歌剧，体格高大，三十多了，没结婚；每当喝醉，便闪着忧郁的大眼睛，用法语絮絮喃喃念叨："我到巴黎……是想找一份爱情……可是爱情不容易找……男人都只想跟你玩……不想真正娶你的……"

我有位长辈，贵州人出身，极能喝酒，至今他们朋友圈里，都流传着"你可不知道他当年多能喝"的传说，配以"可惜他现在不怎么喝了，想当年，啧"的叹惋。但他老人家跟我说，他也遇到过那么一回，道高一尺，魔高一丈，被人给降了。话说他陪一位少数民族朋友，开车去广西的山里村寨探亲。那地方天高皇帝远，都是少数民族，胸襟豪迈，热情好客，见有客人来，便大喜。让他们把车停在山脚下，拽他们上山进寨，喝！半截埋地下的土瓮烧酒、梁上挂的风干腊肉、缸里腌的豆角，都拿出来，灶下整治好菜，流水般端上来，酒则是一碗一碗，不曾断过。满寨的人，男女老少，都来一一敬酒。酒辣，又极烈，上头，喝两碗就让人晕乎乎，都没力气拒绝，话说出口就飘散，自己记不住，只是喝酒，吃菜，大家唱歌欢笑。喝到后来，都不觉得酒辣了，只觉得好喝，暖洋洋；到天黑，喝得不行了，心里还来得及模糊地寻思：怎么来敬酒的人没个头呢？

细看时，发现不只自家寨，原来别寨的人，听说来客人了，喝酒了，也端着瓮，热情万丈，赶过来喝了！

当时就发现问题严重啦：再这么喝，必然会倒，不能喝了！就告个便，说要上厕所，跟同来的朋友，两个人携着手，从寨里偷偷溜出来，晕头晕脑往山下走；说找风吹吹，走走路，醒醒酒，躲一会儿再回去吧！两人踉跄走到山脚下一看：汽车还原地停着，轮前轮后，安上了大石头——这是不让他们偷偷逃走啊！正发呆呢，就听见山上一片叫唤声；抬头看，寨里人举着火把，如火蛇般从山道蜿蜒而下：

“快回来！快回来！还没喝完哪！！！”

Part 3

卡夫卡和水煎包

苏美

我们差一点就要逃去彼此的城市，
好像这是逃无可逃时唯一的去处。

去年夏天蒋遥跟我说，她和李方要开一家店，来卖水煎包，地址就在选在家具城外立交桥东头。我稍微有点吃惊，但一时想不出这吃惊从何而起，开店卖货是一门正当营生，于是我向她表示了祝贺，虽然照她所说，那不过是一爿五六平方、逼仄到门只能朝外开的小店面。夏末到深秋仿佛一晃眼就过去了，蒋遥很快就和李方付了租金，买进了一些简单的必需品，将小店整饬得有模有样，甚至还在墙上的旧钉子上挂了一盆绿萝。似乎一切就绪，只等点火起灶，小店内云蒸雾绕，油锅里刺啦作响，热腾腾的水煎包就会端上桌，有人拿着绿色的塑料筷子夹起一个来，蘸着辣子醋吃到心满意足。

上述大部分都来自蒋遥的描述，因为我们不在一个城市。她在山西，我在山东——听起来好像翻过一座山头就能见面似的。可事实是，从大学毕业开始，我流落兰州、西安直到青岛，她则辗转北京、四川、杭州，最后返回家乡山西的一个小城，中间有好几次因为旅行、出差、同学的婚礼、不得志甚至最沉重的抑郁，**我们差一点就要逃去彼此的城市，好像这是逃无可逃时唯一的去处。**可是最终还是没有，我们都继续在各自的生活里继续随遇而安。

蒋遥对这爿小店描述得不多，不知是对它期望不高，还是热情已经在琐碎的具体事务中消耗殆尽，三言两语描述的都是干燥的事实。比如对低租金的怀疑，面对小城熟人的尴尬，以及对李方的由衷佩服。她说李方的大方让她意外，她以为抛头露面的将是自己，而不是李方，在她心里，李方是那个手不释卷熟读波德莱尔的人，而不是清晨四点拉开卷闸门，将手伸进冷水里淘洗白菜叶的人。可事实是，李方甚至在门口招呼过往的行人，进店来品尝他们第一锅水煎包。而她则脸红了。第一拨来的客人里就有她的初中英语老师，她想拿出老板娘的热情和熟络，可她不会。她不会这些。我能想象她一定是带着最真诚的心，羞涩而僵硬的招呼老师来坐，最后还免了她的单。老师走了之后，她非常沮丧，没想到自己第一天就要面对这样的窘境，而李方则开导她说，等我们做到全国连锁店，你就不会这么想了。

掐指一算，那个冬天我和蒋遥离开校园十年多了，其状态，按照我爸的说法：你终于知道自己算狗屁了。事实上，我们可能连狗屁都不如。蒋遥说开店我之所以感到惊异，大概在内心深处认为似乎她的不幸兆示了我的不幸，她的飞黄腾达预言了我的飞黄腾达，她将自己安身立命在一爿水煎包店，好像也是一个信号，告诉我是接受的时候了。虽然我们曾经翻译卡夫卡，阅读卡夫卡，讨论卡夫卡，可是我们无法像卡夫卡那样，用自己去实证这世界和自己什么也不是。我们总想是点什么，随便什么。所以虽然卡夫卡屡次悔婚，可我们仍旧在所谓的爱情里载浮载沉，想是那个爱和被爱的，那个特别的，唯一的，与众不同、不可离弃的；虽然卡夫卡决意烧毁自己全部的文稿当一个无名氏，可我总放不下名利心。

蒋遥说，开店的打算很突然。那时候刚结婚，她在家接翻译，李方手不释卷或者看看电影，日子非常闲适。可过了几个月，亲戚朋友就低声谈论起二人的生计了，渐渐地声音越来越大，越来越不怕他们夫妻听到，尤其是李方。终于有一个本家舅舅向李方提出带他下煤矿的建议，这在他们山西小城是一样不很体面的事情，不是没有生路没人愿意下煤矿。李方倒不很介意，但蒋遥先和本家舅舅翻了脸，她大声说李方是交大的高才生，他不是下煤矿的人。舅舅大怒而去，全家人都不愉快。本分的北方小城人既不懂得波德莱尔，也不懂夫妻两个人都不上班算怎么回事，这种生活在他们眼中最大的问题并非无收入，而是不道德——哪能游手好闲混吃等死呢？哪怕开个店去卖水煎包呢！

那么就开个店卖水煎包。开张那天是冬至，蒋遥说走在去店面的路上时，天地都是黑的，偶然的亮光只让这黑显得更黑，这黑又特别冷，小店厨房里的食用油都凝固住了，她蹲在昏暗的炉火旁试图将油烤化的场景非常荒谬。她说，十年前有人告诉她，有一天她会在黑天黑地之中围着一桶火炉烤油，她绝不相信，可是你看，它就这样出现了。她还说：真冷啊。冷得人不愿洗菜切菜拌料包包子，总之，不愿意伸出手干任何事。可是既然来了，不如就干起来吧。

蒋遥始终没有换智能手机，也没有相机，所以我始终无从得知她的水煎包店的确切长相。可是在我的想象里，冬天过去之后，它就小而暖和，夏天到来时我会两手空空跳上火车去山西，下了火车走不多久，远远地我就会看见她的水煎包店，正如一切北方的小城的夏天一样，不远处家具城在做促销广告，喇叭声大而亢奋，有卡车静静地停在路灯下，车斗上摊放着被劈开的红瓤西瓜，有人穿着睡衣和拖鞋在散步，像游魂，也像哲学家。我会走进她的店，像是每天都光顾一般，李方和蒋遥在屋里不很忙碌地忙着，我就在那扇只能朝外打开的门外搬张凳子坐下，原本挂在店里的绿萝不知什么时候被挪到门外，长成模糊的一团。我就那么坐着，喝着茶，没什么非做不可。

Part 3

一碗阳春面

倾心蓝田

这个世界，其实也很温柔，要相信美好，相信生活会好起来，
毕竟还曾有个陌生人，请她吃过一碗阳春面。

我是在姥姥家长大的，一直到五岁我爸从部队转业回家，我才被接回家生活。但每次假期或者我妈顾不上照顾我的时候，我还是会去姥姥家。姥姥家的房前面，是大姥姥家，究竟为何这样称呼，我也不清楚。只记得小时候去她家玩，她总是能从墙边的大红柜里面找出糖果给我吃。在街上和小伙伴一起玩，每次大姥姥出来看到我，总是喜欢问我："如果我去你家了，你会不会留我吃饭啊？"真的是每次都会问，然后我都耐心回答说："当然会，请你在我家吃饺子。"那个时候总觉得，饺子需要经过复杂工序，**对我来说，复杂的，就是最好的。**

后来长大了，大姥姥也一直没有去过我家。九岁搬家到城里，又过了几年，大姥姥身体一年不如一年，有一年在城里的街上碰到她和她儿子来看病，身体已经明显不如从前。我爸说，家搬来了还没去过，这次碰见了，就去家里坐坐吧。从医院到我家大概是十五分钟的车程。大姥姥看了看我，表示很想去。她儿子说不去了吧，来看病，再去家里太麻烦，怕给你们添乱。那时候看着大姥姥的眼神，好像一个小孩子，想要去，却没有能力自己决定。突然就想起小时候她总是问我如果去我家，是否会请她吃饭的画面。于是就坚决拉着大姥姥和她的儿子上了车，这才去了我家。因为他们还要匆忙回家，于是家里并没有像我小时候承诺的那样做饺子给大姥姥，而是煮了一碗面给她。但是现在都还记得她吃得开心的样子，甚至把汤也喝得一点不剩。之后再在街上遇到，她再也没问过我如果去我家，是否会请她吃饭这个问题。也许是我长大了？也许是，她吃过我家的饭了，虽然是阳春面，但是也满足了？又过了几年，大姥姥去世。现在对她印象最深的三个画面便是，给我找糖果，问我是否请她吃饭，在我家吃阳春面。

2011 年的秋天，我拖着行李去陌生的天津找实习工作。第一天住在河西区的阳光公寓。那是一个求职公寓，里面有六个床位。当时我住的是下铺。下午吃完饭就在宿舍一边准备简历，一边练习面试可能遇到的问题。

后来又住进来一个人，之后得知她是一位离婚的少妇，家是天津塘沽的。初中文化，那时候没工作，又因为离婚回了娘家，娘家要她出来找工作自己养活自己。她进来的时候拿的行李极少，微胖，看了看这房间里唯一剩下的上铺，又看了看我，我说："你是觉得上铺上去很困难吧？我跟你换换吧。"于是她眼睛眯成一条缝地走了过来，跟我换了铺。晚上她问我："你知道超市在哪里吗？我想去超市买瓶水。"面试准备得差不多了，于是索性跟她一起去了。她用浓重的天津口音跟我说着话，说自己离婚了，在娘家如何地难过，出来找工作如何地不容易。然后就听到她肚子响。我问："你没吃饭吗？"她说："我出来带的钱不多，晚上买瓶水喝就好了。"我惊讶地看着她，她不好意思地低下头，说出门的时候，娘家人没给多少钱，自己又没工作。声音小得我几乎快要听不到。我问她："你想吃什么？今天我请你吃饭。"她说这怎么好？我说没事，出门在外的，谁没个难处呢。她听完特别开心地拉着我就走，说："我只想吃碗面。"然后我就带着她去了一家面馆。

我吃过饭了，于是就坐在她对面看她吃。可能是真的饿了吧，她呼噜噜一会儿就吃完了，依然是一点汤不剩。然后抬起头满足地对我笑说："你真好。等我找到工作了，我请你吃饭。"我说："好，那你要努力找工作，别让我等太久哦！"第二天我们便各奔东西，我不知道多年以后她是否会记得我，只是希望，在日子可能比当初还要辛苦的未来，难熬难过的时候，可以记得，**这个世界，其实也很温柔，要相信美好，相信生活会好起来，毕竟还曾有个陌生人，请她吃过一碗阳春面。**

夏天来了，人真的是越来越懒，午休起来哪里都不想去，什么都不想做。就在家里窝着胡乱地翻看着电影和综艺节目。天黑下来，男朋友扭头看我，问道："今天是不是又不打算给我做饭了？"一副受了委屈的表情，让人不忍心不为他做些什么。我说："你想吃什么？煮面怎么样？"他说好啊好啊。不由得心里笑他，瞧，一碗面就打发了，真像个孩子。然后带上围裙，煮面去了。几分钟之后，面就好了，我问："你要过水吗？"他把目光从电脑上移到厨房，一副满心欢喜的表情跟我说，都可以啊！用一个大碗盛水，把面捞到凉水里，过了一遍，盛出两碗，放卤，上桌。他呼噜噜地吃，不时地抬头看我，露出满足而又幸福的笑。

Part 3

那碗满是温暖的酥油奶茶

猫语猫寻

虽然我再也没有喝到过那么好喝的奶茶，但是单单“奶茶”二字便可以让我回忆起那碗奶茶中的温暖和爱。

小时候，我家前院住的是一户哈萨克族。我和他家的两个孩子差不多大，天天在一起玩。大的是个男孩叫哈米提，个子还没有我高，但长得很结实；小的是个女孩叫努尔克斯，长着一对小虎牙，甚是可爱。因为他们跟着我们一群汉族小朋友一起玩，他们俩的汉语都已经很流利了，而我倒是一句哈萨克语都没有学会，这件事一直到现在都让我觉得后悔。

前院的女主人叫伊丽斯，是个拥有着白皙皮肤的哈萨克族女人，她很胖，走路很慢，左边尖牙的位置镶了一颗金牙，笑起来总是一片金光闪闪。生活在新疆农村的女人多少总会有些泼辣，到了晚上各家开始准备吃晚饭的时候，那响彻巷子的女人们大声地叫自己家孩子回家吃饭的声音此起彼伏。但在我的印象里，她总是很温柔，从来没有对那两个孩子大声说过话。她叫她家的孩子回家吃饭的时候，总是慢腾腾地走出院子，在大门口一站，两个孩子一看到自己的妈妈站在门口，就知道吃饭的时间到了，于是急匆匆地脱离我们的队伍，跑向她。努尔克斯还时不时跑过去抱住她的腿，挂在她的身上，然后被她有些艰难地一步一步拖回家去。小时候，我每次被妈妈打的时候，心里总想，我要是伊丽斯阿姨的孩子就好了，她那么温和，她的孩子都那么腻着她，而我却连妈妈的手都没有牵过。

那个时候，妈妈打理着一家商店，非常忙碌。爸爸是个木工，经常都住在别人家给别人做家具。有一次，妈妈带着还没有上学的弟弟去市里进货，因为太晚赶不回来，而爸爸那一个月都在给一家人赶制家具，很少回家。在那个没有电话的年月里，我放学回家，面对锁着的家门慌了神。我一个人坐在大门口，眼看着天色暗下来了，妈妈还没有回来，我害怕极了。这时伊丽斯阿姨刚吃完晚饭，准备到我家串门，看到我在大门口趴在地上写作业，便拉着我去了她家。

那是我有生以来第一次独自在别人家过夜。他们家很小，只有两间房，有一间堆放着杂物，他们家人基本都只待在另一间房里。那间房一进门就是土炕，炕上铺着一大张有些破旧的牛毛地毯，整个房间里弥漫着奶酪的香气。她一直牵着我的手，她的手不大，而且满是老茧，但非常温暖，不知道是我记忆的错觉还是我真的记得，现在我的手好似都记得那个温度。

伊丽斯阿姨不会讲汉语，和我讲话还需要她的孩子帮她翻译。她让哈米提问我吃饭没有，我摇摇头。她便从炕上起来拿出一个金色的大壶，放在火炉上，用葫芦做的瓢从门口的水缸里舀了水一瓢一瓢地灌在里面。她弯着腰，胖胖的身体有些颤抖，可是她却微笑着，那温柔的神情像是在给自己的孩子做晚餐似的。我看到她的样子，一下午的委屈和惊慌好像找到了宣泄口，眼泪夺眶而出。我把脸撇向一边，慌忙地擦拭着。哈米提和努尔克斯两个孩子本来在一边打闹，看到我的样子也围了过来。我冲他们笑笑，便有些别扭地拿出课本准备继续我的作业，他们俩也学着我的样子拿出书本写起作业来。

伊丽斯阿姨转过身时，看到我们三个小孩子都在写作业，便说了一句，哈米提翻译给我：雨陌来了这两个从不写作业的小孩子都开始写作业了，要是雨陌能天天来我家这两个孩子的学习一定进步得很快。努尔克斯立刻应和着："嗯嗯，雨陌姐姐，以后你天天到我家来，我们一起写作业吧。"我红着眼眶笑着点了点头。

过了一会儿，水开了，伊丽斯阿姨起身拿起砖茶用手掰了一块放进壶里，任水沸腾着，水汽弥漫，小小的房间里茶香四溢，美好极了。伊丽斯阿姨从装牛奶的小盆里舀出小半碗牛奶盛在一个上面印着红色郁金香的碗里，用小刀切了一块酥油放进牛奶里，提起热滚滚的茶水倒了进去。她用勺子边小心地搅拌着边给我端上了桌。随手又拿了一块油馕，一块一块地掰开帮我泡在奶茶里，早已经饿得前心贴后背的我一个没忍住喝了一大口奶茶，顿时被烫得眼泪直流，伊丽斯阿姨一阵大笑，接过碗，边用勺子搅拌，边吹着气。我也笑着擦擦眼泪，和她一起吹了起来。

新疆人喝的奶茶都是咸的，程序基本相同，有些家里加的是奶皮子，哈萨克人多加酥油，很厚重却很温暖的味道。伊丽斯阿姨那天端给我的奶茶是我的记忆里喝过的最好喝的奶茶。从那之后我从一个不爱喝奶茶的小孩，变成了奶茶的忠实粉丝，从新疆的咸味奶茶，到南方的甜奶茶、香港的丝袜、台湾的波霸……**虽然我再也没有喝到过那么好喝的奶茶，但是单单“奶茶”二字便可以让我回忆起那碗奶茶中的温暖和爱。**

我们三个孩子喝完奶茶，也玩闹累了，她便倒水给我们洗脸、洗脚。她帮我脱去鞋袜，把我的脚泡在脚盆里，温柔又小心翼翼地揉搓着，好似稍大力一些我的脚便会被揉碎一样。这是我的记忆里第一次有人帮我洗脚，我一时晃神，好像我真的成了伊丽斯阿姨的孩子，我一动都不敢动，生怕动一下就会破坏了这美好的气氛，生怕动一下这温暖的气氛就突然消失，我又回到了那紧锁的大门口，孤独地守候在不知何时才能开启的家门前。我尽量地挤出微笑看着她，她扬起脸，朝我微笑，唇边那颗金色的牙齿显得异常柔和，眼角的纹路被映照得美好又动人，那个表情，被刻在了我的心里，再也没有忘记过。

我们干干净净地爬上炕头，她有些笨重地从柜子里拿被褥。努尔克斯告诉我说，那是她家只有来贵客时才会拿出来使用的，她妈妈把我当贵客了。一时间，积蓄了一下午的被遗弃的恐慌感奔涌而出，我连忙擦着眼泪。她慌忙跑过来抱了抱我，让她的孩子告诉我说，我妈妈走之前是有告诉过她让我在她家住的，可是她忘记了，她还对我道歉，让我不要伤心，我妈妈没有不要我。后来我才知道，妈妈没有回来是因为进货太晚，错过了回家的末班车，她也很担心我，可是在那个无法即时联络的年月，她对此没有任何办法，当然也从没有说过让伊丽斯阿姨照看我的话。

那晚，我左手边睡着努尔克斯，右手边睡着伊丽斯阿姨，她将我搂在怀里，轻轻地拍着我的背。我带着泪痕却满是幸福地睡去，香甜又安稳。

第二天一早，妈妈便回来了。我背着书包离开她家，她仍然牵着我的手，慢腾腾地走在我的前面，一直把我送到家里。她坐在我家的沙发上，和妈妈用哈萨克语说着话。我一句都没有听懂，妈妈也没有告诉过我她们说了些什么。她离开时，温柔又疼惜地看了看我，用同样慢腾腾的脚步走出门去。

从那之后，我偶尔会去她家蹭吃蹭喝，我听不懂哈萨克语，她仍然会对我讲话，我也对她说汉语，虽然谁也听不懂谁，但看起来却聊得很投机似的。其实她家很穷，她丈夫是电工，收入很少。我能看出我每次去，她都很高兴。有时她还会把别人送给她家的一些好吃的东西专门留给我，这是我和她之间的秘密，甚至连哈米提和努尔克斯都不知道。

有一天她来我家串门，脸色苍白，背也有些驼，我家的两级台阶都让她气喘不止。她和妈妈在客厅里说话，我在一边写作业，忍不住时不时回头看她，她总会朝我微笑，只是那微笑总显得有些有气无力。她临走时，妈妈拿了一个布包给她，她竟然哭了起来，没有声音，我却能感受到她的悲伤，我的心不由得揪了一下。

那之后，妈妈杜绝让我再去她家，说伊丽斯阿姨病了，怕传染给我。妈妈说是很严重的病，为了治病，她还从我家借了一笔钱，我想应该就是那个布包里装的东西。

那之后很多次，我路过她家的门口，都忍不住向里张望，想要再次看到她走出门来，站在门口，像迎接她的孩子一样来迎我进去。可是最终我却连她的影子都没有再见到过。

一个春天的早晨，她家的门口突然来了很多的马车和马。马车和马没有地方栓放，便一直排到了巷子尽头，她家的院子里传出很多女人的哭声。我问妈妈怎么了，妈妈说伊丽斯阿姨去世了。我跑了出去，站在家门口，和我一样站在家门口张望的邻居七嘴八舌地议论着，说她死的样子多么凄惨，肚子胀得很高，像是要生孩子似的。而且房间很臭，他们去探望时根本就待不下去。我的心狠狠地痛了一下，我想起我见她的最后一面，竟然是她悲伤哭泣的样子。

我慌忙转身向后果园跑去，在那之前的秋天我曾去那里给伊丽斯阿姨摘过两个苹果。那苹果又大又红，我拿给她的时候，她开心极了，甚至有些激动地不停地说着话。我听不懂她的话，但是我从她眼里看到了幸福的光芒。

只是，她选择在春天离去，那些果树才刚刚开始长出新芽，离长出苹果的日子还有很久很久，我好想再摘个苹果给她，让我能再看一眼她那闪烁着幸福的双眸；我好想再喝一碗她亲手兑给我的奶茶；好想拥抱她帮她擦掉最后一面时脸上的泪痕，就像她对我做过的那样，温柔又疼惜；我好想轻轻地拍拍她的背，安慰她的悲伤……可是她选择在春天离去，**新的一年才刚刚来临，一切都还没有来得及开始，她就匆匆地选择了结束。**

那一年我九岁，我体会到了一种叫作遗憾的情绪。那是一种让人揪心又痛苦的情绪，一种让我在后果园哭了整整一个下午的情绪。

Part 4

陪伴是最长情的告白

我知道死亡是命定的终点，世间众生皆无法逃脱。可我不知要用多久才能习惯一个没有你的世界。在这个世界上，谁能够代替你呢？代替你对我的宠爱深爱甚至溺爱，代替你逐渐混浊的嗓音和斑驳花白的头发，代替你永远温暖的怀抱和仿若含泪的眼神。谁能够代替你呢？代替你最深沉和无私最不求回报的爱意。

Part 4

今日陌生的，是昨日最亲的某某

小岩井

我想起我拍着胸脯跟我爸说我们要做一辈子兄弟的话语，觉得心里像是被谁砸了一锤似的，嗡嗡作响。

1.

去年年底，我在东门口的地下通道里绑鞋带，绑着绑着突然感觉一个巨大的阴影矗立在我面前。

我抬起头，是一个高壮的城管，虎目圆瞪地看着我。

我左右看看，觉得莫名其妙。

“大哥，我就绑个鞋带，没影响市容吧？”

“岩井？哈哈，是你小子吧？！”城管突然笑了起来，双眼眯成了一条缝，露出了牙床。

这熟悉的笑容如雷电鸣闪，瞬间记忆中跳出来那个曾被我抛弃的小胖子。

“不是吧，鲍罗？！”

时隔多年，我们陷入了重逢的喜悦之中。

2.

“兄弟相逢，三碗酒呀！哟哟嘿！”鲍罗毫无征兆地在烧烤摊大声唱起歌来，引来一阵侧目偷笑。

“你干吗……吓我一跳……”我刚举起的酒杯尴尬地停在半空。

“高兴啊，遇见以前的好兄弟！长歌当痛饮，举头望明月啊！”鲍罗笑得牙床又露出来了。

“你就少装文艺了哈，这什么破诗啊！”

“哈哈哈哈……”

皓月下，烧烤摊上，我们畅饮笑谈，忆往昔犯“二”的岁月。

鲍罗是我初中时候的死党。这话毫不夸张，他曾经在我遇到社会不良青年勒索的时候不顾一切地冲上去为我抵挡，很悲壮地对我说：“不要管我，你先走。十八年后咱们还要做兄弟！”

我热泪盈眶，看着他矮胖的身体被对方一个反手撂倒，真是想跑也跑不了……眼看敌人步步逼近，说时迟那时快，我 CD 冷却完毕，即时发动了我大嗓门的优势，开启buff——希望圣歌。

“起来，不愿做奴隶的人们，把我们的血肉筑成我们新的长城！中华民族到了最后的时刻，每个人都迫不及待发出最后的吼声！起来！起来！起来……鲍罗，站起来，我们一起跟他拼了！十八年后还是好兄弟，他妈的！杀——”

鲍罗躺在地上看着越跑越远的我，嘴巴抽搐着……

社会青年一脸见到鬼的神情，被我的技能冻在原地，鲍罗趁机站起了身，尖声大叫：“抢劫啦，救命啊！！！”

很快远处一些路人围了过来，不良青年吐了一口痰，说着狠话，一溜烟儿跑了。

从此，我以为我们的友谊情比金坚。直到分班前。

3.

鲍罗和我的友谊是从动漫开始的，他最喜欢《龙珠》，我也是。我们在传阅一卷一卷的漫画中打下了坚实的友谊基础。

虽然鲍罗又矮又胖，却是个足球高手。受《足球小将》这部动画片的影响，他很小就开始疯狂地练习球技，这么热爱运动还这么胖，也真是个不解之谜。

在学习上又懒又笨的鲍罗，每当下课铃响后，奔跑在球场上时，就成了夕阳下一个灵动快活的少年。

一次足球比赛，中途下起了暴雨，带着球飞驰的鲍罗边咆哮着边过人，直奔禁区前沿。像条灵活穿梭在水里的安康鱼，张牙舞爪，天地合一。

暴雨滂沱里、夕阳远照下他飞驰的身影，留在了我的记忆里。

整个初一、初二，我们几乎形影不离。他父母离异，据说他父亲是个混账，家里的饭经常有一顿没一顿的。我就经常邀请他来我家吃饭，看漫画，玩游戏。

一次期末考后，鲍罗在我家吃饭，我爸随意问起我这次考得怎么样，我说还行吧，前三。

我爸又问鲍罗，他一直以为我的朋友应该也是那种擅长学习的人，鲍罗支支吾吾说：中游吧，中游。

随后有次老师家访，那位不开眼的年轻班主任对我爸说："你儿子是个好苗子，就是老跟差生混在一起，小心被带坏。"

于是我爸明白了，鲍罗就是老师嘴里的坏学生。

从那以后，我爸就不让我叫鲍罗回家吃饭了。我拗不过他，愤恨地说：“兄弟才不管成绩好坏呢！”

我爸淡淡道：“你不管，可是社会要管。再过十年你们还是兄弟，我就跟你道歉。”

我拍拍胸脯：“**我们要当一辈子的兄弟！**”

4.

我从小就喜欢看书，经常去逛新华书店。一次跟鲍罗一起逛书店，看到一套《中国少年儿童百科全书》，里面有各种有趣的知识，博古通今，分外喜欢。我看了好久，又看看背面的价格，吐了吐舌头，对于十四岁的我来说太贵了。

“你想要吗？”鲍罗问我。

“想呀，可是买不起啊，一套好贵哦。”

“下个月你生日，我送你吧。”

“哈哈，算了，你也没钱。”

“我会想办法的。”

鲍罗眼睛太小了，我没有看出他眼神中的认真，于是就当听过就算了。

然而在一个月后我生日那天，他偷偷把我叫到一条小巷里，把他的书包递给我，露出一角，里面是全套装四册的《中国少年儿童百科全书》。

“怎么样，我说到做到吧？嘿嘿。”鲍罗摸着鼻子嘻嘻笑着。我却有种莫名的不安。

“这很贵，你自己饭还吃不饱，何必呢？”

“别管那么多了，老吃你的，我也知道啥叫知恩图报。”

当时的我光顾着感动，完全没去细想背后的缘由。

那之后，隔一段时间鲍罗就会送我一些我喜欢的书，印象最深的是韩寒的《三重门》，也是他送给我的，至今还在。

直到有一天，初二暑假前，班主任一脸肃杀地把鲍罗和我叫到办公室。

原来鲍罗送给我的书都是他偷的。几次三番后引起了书店的人的警觉，终于被抓了个现行，通报了学校。

我们被班主任一通训斥，班主任对我一脸痛惜地说："你是要考重点中学的人，怎么能被他拉后腿！这么小就有污点，以后你的人生就毁了呀。偷东西是犯罪啊！"

"老师，岩井什么都不知道，真的不知道，是我自己手贱，什么结果我都自己扛。"

我看着一脸义气的鲍罗，心里说不出是感动还是难过。只觉得我对他的了解太浅了，我只知道他家境不好，不爱学习，喜欢足球，偶尔打架，却不知道他竟然还会去偷东西。

从来不喜欢看书的他，为了我竟然去偷书。他真的以为这样做我会高兴吗?

从办公室出来，我很生气地对他吼道："我再没钱也不要你偷来的东西，这些书我回去就烧了，我看见它们就恶心！"

鲍罗低着头，看着我愤怒的表情，低声说了声“对不起”，转身一步一踱地离开了……

那一刻，平静下来的我仿佛隐隐看到了一堵无形的墙，已经在我们之间渐渐升起……

那天之后，我开始有意疏远了他。他似乎也感受到了，逐渐不再主动来找我了……

那年暑假分班，我去了尖子班，他留在了原来的班级。在新的班级我交了新的朋友。全力备考的我，每天被学业压得喘不过气。偶尔经过操场的时候，看到依然在夕阳下奔跑的安康鱼，不再为他呐喊，想着明天还有小测验，于是默默离开……

5.

和鲍罗重逢后第一次吃饭，我们聊得很开心，说起以前同学如今的状况，感叹人生如梦。

问他怎么在做城管，他告诉我，初中毕业后他就去模具厂当了学徒，后来又学过厨师，去过工地，但是都没有干得久的。这两年在亲戚介绍下，做了城管，没有正式编制，是新闻中常见的“临时工”。

“城管这份工作怎么样？”

“其实我知道，城管就是大家心目中的‘城市流氓’呗……其实都不容易啊……”

“足球还在踢吗？”

“以前还常去学校踢球，后来门卫就不让我进了，因为他觉得我是社会不良青年，哈哈……”

此时我也不知道该说什么了，总觉得怎么回应都不对，只有默默地喝酒，闲谈些无关痛痒的话题。

6.

就这么聚了几次，很快，我们的回忆都用完了，而当下的事，我们不再有交集。经常是聊着聊着，就僵在了那里。

他跟我记忆中爱笑的小胖子已经离得越来越远，说话也是三句就蹦出一个脏字，动不动抱怨社会，讲的最多的无非是同事之间寻欢作乐的韵事以及工作上的不顺，而我也只能陪他喝喝酒，说些言不由衷的谈笑。

之后我忙了起来，也就不怎么出去喝酒吃饭了，即便有空，不是在备课，就是在写文，实在无心赴约。他叫了我几次，我都婉拒了，从此他就再也没有叫过我了。

就这样时间又过去了好几个月，我似乎已经忘了这个偶然出现的旧友。

上周末晚上，我参加完一次沙龙，回来的路上，正和同伴有说有笑，忽然看到前面有两个城管模样的人在跟一群唱歌的残疾人面红耳赤地争吵。

快看——

眼看城管已经开始推搡了起来，我们也越走越近，我才发现，其中一个高个子，正是鲍罗。

鲍罗也看到了我，眼中一瞬间露出复杂的神色，正在推搡的动作，也一下停住了。

我想挥起手跟他说句话，可手却不听话，沉沉地留在了裤裆口袋里，眼神不自然地佯装着不认识。

鲍罗似乎看出了我神色的内涵，低了低头，别过了身子，点燃一根烟，走向了另一个方向。留下另一个城管讶异的声音："鲍罗，你去哪儿？”

“一定是看我们过来不好意思动手了。”同伴自作聪明道。

望向远处的皓月，一阵悲伤涌上心头。

十八年还没到，曾经最亲密的兄弟却变得连打招呼都吝啬了。

我想起我拍着胸脯跟我爸说我们要做一辈子兄弟的话语，觉得心里像是被谁砸了一锤似的，嗡嗡作响。

我伫立在原地，看着鲍罗缓缓离开的沉重背影，又想起少年时他穿梭在球场上灵活过人的身姿……

我想，即使再相见，他也不会再对我露出曾经的笑容了。

Part 4

我多幸运，上辈子是你的情人

惊蛰小白

这个我从小仰望的硬汉，这个最爱我的男人，一直用最温柔的方式心疼我、保护我。他的怀抱，就算是全世界，我也不换。

我欢快地跳下公交，朝着站台的尽头跑去。

我跳上那辆老旧的摩托车，听着发动机震天响的轰鸣，吹着傍晚马路上并不清新的风，将头枕在前面那个挺拔的背上，心想：我就想这样和你永远在一起，亲爱的老爸。

据我妈说，我小时候没人带，所以很小就被送进了托儿所。那时候老爸所在的厂还是国营企业，没有改制前厂里还有专门给职工孩子上的幼儿园。虽然我从小就跟着老爸在厂里混，但是什么不肯让阿姨们带我去洗澡非黏着老爸之类的光荣事迹，什么跟着老爸混在男澡堂的休息室吃零食的惬意享受，我都很抱歉地不记得了……

不过，尽管时间一转眼就过去了二十多年，可每当老妈、老爸对此津津乐道，争相列举我年幼各种作死囧事的时候，我好像又十分肯定那些都真实发生过。我搜罗脑中所有的记忆碎片，然后按我一如既往对老爸的依赖，按老爸对我一贯没边儿的宠爱，倒推出我幼时和老爸深厚的革命友谊简直是秒秒钟的事情！

老爸当过兵，有着敏捷而迅速的生活作风，也保持着一腔热血和激情。即便是退役很多年之后，他仍旧会在钓鱼岛问题闹得沸沸扬扬的时候，忧心忡忡地拍着桌子说要上前线去扛枪。你看，这个年近五十，又高又瘦的男人，不管鬓角是不是冒出了白头发，还总是有着帅气的一面呢！

从小学到大学，我从每天坐在80摩托车的前面听着老爸唱着军歌去上学，到坐在光阳摩托后面陪着老爸一起唱各种山寨的老歌，再到听着老爸的指挥挂档踩油门学开车，我截至目前的人生，近乎每一次“在路上”的时间都有老爸的陪伴。老爸不像老妈那样擅长言语表达，但人们都说**陪伴是最长情的告白**，如此看来，这个喜欢邓丽君的单眼皮男人也是个高冷的腹黑呢！

高考那年，洁癖外带强迫症让我整个人都不好了。不知道哪里来的压力，让我那根“好脏”的神经再也松不下来。只要一点点不如意，哪怕只是一支笔掉到了地上，我都会为此抓狂半天，直到反复将笔用水冲洗至我认为的“干净”程度。如果是一本书掉在地上，那么这本书的封面就绝无幸存的理由，“撕掉”是我唯一能让自己不再憎恶这本书的办法……

强迫症不仅让我备受折磨，也让老爸、老妈跟着陷入一种煎熬，尤其是宠着我的老爸。他们必须小心翼翼地不碰我的床，不碰我的头发，不碰一切我认为是大忌的东西。因为我随时可能爆发的强迫症，就像不知道什么时候会爆炸的炸弹，伤害了自己，也伤害了最爱自己的人。我每发一次脾气都会后悔，可下一次我又会控制不住自己。即便是多换了一件衣服，我都开始有心理负担，都觉得自己给老爸添了麻烦。那种可怕到自己都憎恨自己的扭曲状态，那种连放声大哭都不能释放情绪的感觉，那种需要反复和身边人解释自己洁癖行为的尴尬，简直就像是天塌下来一般让我恐惧。

我那么开朗的一个人，那么欢脱的一个人，却偏偏被这种心理问题逼到死角，逼到毫无还击余地，唯有眼睁睁看着自己的内在防线一点点崩坏。老妈一度想带我去正规的心理咨询中心，我也开始向学校的心理老师求助，不过这种事若不是严重到要用药物才能缓解，说到底还是要靠自己慢慢纾解。

记得那个夏天的深夜，窗外下起淅淅沥沥的雨，我埋头在无尽的课业里，却再一次深陷入自己糟糕透顶的情绪。那窒息的感觉逼得我猛地冲到阳台，我淋着夜雨闭起眼大口喘气求生，心中无数声音在劝我放弃挣扎……老爸很快找到我，他一把将我拉进屋里，将我紧紧搂在怀里。他什么都没说，就那样轻轻哭了。当那哽咽压抑的声响从那坚实的胸膛传进我耳朵，我根本来不及抬头便已心酸地缩在老爸的怀里骤然号啕。

眼泪，终于流了下来。有部极治愈的动漫叫《Clannad》，小小的冈崎汐说："能哭的地方，除了厕所，只有爸爸的怀里。"我永远不会忘记自己是如何泣不成声的。

年少时的绝望，因历练太少而来势汹汹。**我们总把经历到的每一种残酷当作灭顶之灾，殊不知"后知后觉"才是人生最爱开的玩笑。**

这些年，我渐渐长大，也渐渐走出少时的心理阴影，但老爸的眼泪永远是我最珍贵的独家收藏。这个我从小仰望的硬汉，这个最爱我的男人，一直用最温柔的方式心疼我、保护我。他的怀抱，就算是全世界，我也不换。

小时候，我们都会被老师要求写过一篇《我的爸爸》，却不知道自己到底要写点儿什么。而现在，早已没了命题作文，我却还是不知道要写点儿什么。两者的区别是，从前没觉得有什么好写，如今是想说的太多无从下笔。

大家都说：女儿是爸爸上辈子的情人。

虽然说法有点老土，听起来还带一丢丢肉麻，但我仍旧要讲：**老爸，我多幸运，上辈子是你的情人！**

Part 4

当他们老后，你还能陪他们多少天

沈善书

这世上最疼爱你的那个人，在有生之年里，你对他说过“我爱你”吗？他还在吗？

1.

别人都叫他老郑，是一个老实巴交的人。

他年轻的时候，是一个热心肠，却又总是被人算计。他是发电厂的职工，大半辈子的时间都奉献给了电力事业。他没怎么说过他的曾经，因为我和他也只是在这光阴的半路认识。关于他的二三事，我都是听我姨夫说的，因为姨夫和他同是发电厂职工。

姨夫说老郑在发电厂上班期间遵守各项纪律，老郑值班时叫他悄悄翘班都不敢，时间久了，厂里的职工便开始打起老郑的主意。别人有事要麻烦他时，都会一个劲儿地叫老郑哥哥啊，郑哥哥，你帮我一个忙，我家里有事需要请一天假，你能不能帮我带班。他听别人这么说，总会义不容辞地说："没事，你安心地回家，我帮你带班没啥问题。"于是，原本该别人值班，都变成了他值班。他知道别人葫芦里卖的什么药，无非是想耍滑头玩一天，但他还是答应帮别人带班，甚至逢年过节。后来，电厂里的人都喜欢打他主意，因为他老实，话也不多，就好抽烟。你要是送他酒啊，他绝对要生气。但是送他烟，他笑眯眯地说没问题，带班的事情包在他身上。

春夏秋冬岁月交替后，他过了风华正茂的年纪，但不改他的热心肠。这时，厂里有一个女职工看不惯了，有一回趁他值班时就去敲门找他，问他怎么无论大事小事都帮别人，自己老吃亏这怎么能行呢？他仍旧抽着烟笑眯眯地说："没事没事，我还没结婚成家，父母身体也好，同事之间帮帮忙没多大事。况且吃亏是福。"但他不知道，从那时起，那个女职工有事没事都会找他聊天。明眼的同事都看得出来，他俩肯定会擦出火花。果不其然，老郑的结发妻子便是那个不嫌弃他穷、愿意陪他同甘共苦的女职工。

想来，他们那个年代的婚礼应该不像今天那么注重形式，更应该注重的是两颗心的融合与相濡以沫的陪伴。两人结婚后没有很快地怀上孩子，这时不管是电厂同事还是亲戚朋友总会七嘴八舌地议论纷纷，这让他们两口子也很无奈。后来，两人也快年近三十岁时才有了孩子，是男孩。他俩毕竟也是吃过苦头苦尽甘来的人，所以平日里节俭，攒了一些积蓄。

老伴老伴，本应该是老来执手相伴。只是岁月啊太无情，你怎能眼睁睁地看着这么一对平凡朴素的恩爱夫妻生离死别？他们原本应该享受儿女孝顺的天伦之乐，然而世事无常，他的妻子因病去世，留他一人支撑家庭。

2.

他妻子去世后，他为她守制三年。

三年后，他以前单位的同事给他介绍了一个女人，那女人也是在自己年轻、儿子也才十岁的时候没了丈夫。彼时，那女人的儿子读高二，他们母子俩刚刚逃离一个有家室的坏男人近十年纠缠的梦魇。男孩第一次看见老郑的时候，是在男孩家。当时男孩的母亲特意把家里收拾干净，还找了一件自己舍不得穿的衣服穿在身上问男孩好不好看，要不要化妆。男孩笑着说妈妈太可爱了，又不是初恋，只是见别人介绍的对象而已，不必紧张。

老郑来了后，男孩和他母亲好好招待他。老郑很朴素，一眼便看出是一个老实人。那天给他们做介绍的男子也在场，男子作为中间人介绍了双方的情况，倒是男孩母亲一个劲儿地说只要人勤快，照顾家就行了，别的也不贪图啥。男孩觉得，眼前的老郑很亲切、温暖。那天以后，老郑就经常去男孩家，久而久之，便住在了他们家，周末时回自己家里看看。

老郑在男孩读高二的时候就进入他们家庭，到现在已有六年了。这六年的时间里，他极力做好一个父亲应该尽的责任，而男孩和他母亲也都很喜欢他。每年清明节的时候，老郑都要陪男孩母子俩去给男孩已故的父亲祭祀，男孩的母亲也会去他家给他结发妻子祭祀。不过这六年来，男孩从来都没去过老郑家，也没见过他的儿子和女儿。而且，男孩的母亲没有和老郑办理结婚证。家庭聚会时，男孩家人会问男孩，那个郑叔叔对他们好不好，男孩点头说对他们特别好，只是没有办结婚证，男孩怕自己的母亲吃亏。男孩的家人与男孩的母亲谈心，让她与那个男人办理结婚证。男孩的母亲则说，她和老郑在一起只图个老来相伴便是了。况且现在各自儿女都长大了，都有各自的未来。

3.

男孩大学毕业后，老郑仍旧会像以前那样，每周给他二百块钱零用，让男孩多买些吃的，别饿着。老郑自己患有糖尿病，身体不好，所以很少给自己买吃的，省出来的钱都拿给自己的儿女和男孩用。

男孩家贫，住的是父亲在世时的单位家属院，家里还有欠债，而老郑都一一地帮男孩家还清。男孩很感激他，很想喊“爸爸”两个字报答他的恩情，可是爸爸这两个字对男孩来说，极别扭，因为男孩十岁时便没了父亲，童年生活不愉快，遭逢了太多辛酸悲苦，尤其是一个有家室的恶霸男人在男孩十岁时闯入了他的家庭生活，更在男孩心中留下了阴影，所以“爸爸”二字于男孩而言，在他十岁时就已经从人生字典里抹掉了。如今想要把“爸爸”二字喊出口，太难太难。

4.

2014年除夕前，老郑在家突发疾病，幸亏他儿子发现及时，赶紧送了医院。男孩的母亲得知后，也立马赶了过去。男孩当时上班，工作忙，便在第二天才去看望老郑。

去医院的路上，寒风凛冽。男孩望着走在前面瘦小的母亲，心中心酸不已。男孩突然觉得自己欠下母亲太多恩情。男孩小的时候不懂事，因为邻居的谗言骂过自己的母亲，甚至扬言要与母亲断绝母子关系。男孩不知道当时这句话对他母亲来说打击多大。男孩的母亲要养家，要抚养男孩长大，仅靠微薄的低保金与开小卖部勉强维持生活。然而在少不更事的年纪说出那样的话，男孩现在想起来十分后悔。

男孩记得因为自己小的时候不懂事骂过母亲，他看见母亲哭了，不但不去安慰认错，还离开家跑了出去。男孩也因为嫌弃母亲做的饭菜难吃，当着母亲的面把饭菜扔在地上埋怨母亲。清明节的时候，男孩不要母亲与他们一起去祭祀父亲，男孩说既然父亲墓碑上没你的名字，你这个不三不四的女人凭什么去。男孩不知道他说的这些话犹如一根针，一点一点刺进母亲的心窝，留下了伤痕。如果岁月可以回头的话，男孩一定不会说出那些伤母亲心的话语，他一定要好好保护母亲，让她幸福开心。

那天，男孩与母亲到了医院。在医院电梯里，男孩的母亲说：“等会儿见着郑叔叔时，你能不能开口喊他一句‘爸爸’？他对我说过，他很想听你开口叫他一句‘爸爸’，他怕以后没有机会听。”说到这儿时，男孩的母亲哽咽了，用手擦了擦眼睛。男孩沉默着，没有说话。

男孩和母亲进医院病房时，就老郑一个人。老郑说他知道他们母子俩要来，便叫自己的儿女先走了。男孩看见老郑后，询问了下他的病情，让他好好休息，一定会好起来，手术会成功。这时，男孩的母亲给老郑削了一小块苹果喂他吃。老郑用瘦弱苍白的手抓着男孩母亲的手说：“玲玲啊，万一手术出意外怕对不住你们了。你本来就命苦，我真的怕没时间照顾你们让你们又过苦日子。”男孩听到老郑说这些，以上厕所为由，走了出去。其实，男孩只是害怕听见他们的对话，怕自己会忍不住哭泣。

5.

经过一个月的住院治疗，老郑手术成功，医生说目前没有危险，但不保证几年后有没有危险。经过这一次的波折，男孩更加清楚明白地知道了一点，**亲情等不起。我们总说等自己有钱了让自己的父母如何如何，其实细细想想，父母要求的并不多，他们要的也许就是常回家看看，或者有事没事地聊聊天。**

现在，男孩懂事了。他努力挣钱，因为他说过要带自己的母亲与老郑一起出去旅游，他们三人拍很多很多照片，然后男孩还要把照片传在朋友圈，让自己的朋友知道，他有一个全世界最好的爸爸。

那个正在努力的男孩，就是我，我叫沈善书。那个老郑，是我的继父，他今年五十五岁。而我所亏欠最多的，便是我的母亲。我不知道我现在才懂得这些晚不晚，但我一直都以努力的姿态前进，要让母亲与郑叔叔一起快乐地享受晚年生活。

希望你趁现在一切都还来得及时，对父母说一句“我爱你”，哪怕只是朴素的一声“爸妈，你们辛苦了”。你要知道，他们不像你，在时光面前还有青春可以拿来挥霍。

在时光面前，父母是最没资本、最等不起的人。

Part 4

我怕你离开我

伊心

岁月残忍地让我们有了隔阂，我尽情地享用着你的宠爱甚至溺爱，却从未为你分担过哪怕一丝一毫的痛苦。

1.

你又生病了。

爸爸把你接到家的时候，你已经不能自己走路。我慌忙上前搀扶你，你佝偻着脊背，身体像纸片一样薄，面目灰黑，三叉神经疼让你的右半边脸几乎僵硬，你的嘴唇哆嗦着，几乎叫不出我的名字。

我的眼泪在你身后溢满眼眶。

2.

你已经八十三岁。我常常忘记这个事实。觉得你应该还是十年前，或者二十年前的样子。体力充沛，健步如飞，能耕种农田，能挑水做饭，在燥热的夏季午后抱着不爱睡觉的妹妹一圈一圈地走，直到她睡着。

也许于你来说也是这样吧。难怪我已经二十多岁，你还一直当我是孩子。我小时候是你带大的，跟在你身边的时间远比在父母身边的时间都要多。你牵着我的手走街串巷，碰到沿路叫卖冰糖葫芦的小贩总要讨价还价，然后挑一支最红最甜的买给我吃。你带着我回娘家，在路边看着运煤车轰隆轰隆地开过，我脚上的一双红鞋被蒙上一层灰尘。我们在月光下散步的时候，你教我念“月亮走我也走，我和月亮交朋友”，夜色温凉如水。

春天夜半乍然的惊雷，初夏布谷鸟清脆的声音，晚秋熟透了的山野，深冬一推开屋门大地尽成茫茫白色。若无你，四季哪得如此分明。**故土万里，水远山长，全是你带我用脚步丈量过的世间万象。**

小时候看童话书，书里总有恶毒的后母、冷漠的国王和不怀好意的陌生人。可“祖母”这一角色但凡出场总是以“慈祥”为前缀。《海的女儿》里，小人鱼的老祖母耐心地给她讲陆地上关于船只和城市、人类和动物的一切。《白雪王后》里，加伊和格尔达的祖母在阳台上种满娇艳欲滴的玫瑰花，在晴朗的盛夏里教他们唱诵圣诗。你不识字也不会写字，我看书时你总在旁边乐呵呵地做针线活，蜜糖色的阳光洒在你的面庞上，和所有童话里写的那样，全是无尽温柔的岁月。

乡里邻间，你待人总是那样和善，所以走到哪里都是笑意。你在那个村庄里过了六十多年，从未与任何人结仇结怨。别人家大张旗鼓的争吵甚至打骂，在我们家从未发生过。**你的温和不是对**

抗世界的武器，却成了收服世界的秘籍。尘世纷纷扬扬，你却一生稳妥，总能悦人耳目。

3.

你十六岁时就嫁给了爷爷。爷爷家离你家太远，那时又没有像样的交通工具，回趟娘家千辛万苦。爷爷家很穷，你要照顾好几个老人，还有爷爷年幼的弟弟们。长嫂如母！我想想自己的十六岁，不过是每天担忧这道数学题不会做，所以从来想象不出你所受的艰辛。

你生了八个孩子，两个早夭。你提起他们时好像那是很远很远的事情，但我能看到你眼睛里一闪而过的痛楚。

抗战、饥荒、大锅饭……那些只在历史课本上出现的词汇，于我们而言，只是为准备考试必背的知识点；可于你，却是漫长的好似永无边际的苦难。

你年轻时有张照片，美目绛唇，黑发如漆。就连现在，你还是一个干净整洁的老太太，安详静柔，受人敬重。我有时候想问问你过去有多难，想问问你是如何把那些悲伤变成了如今不留痕迹的平静，可如今你的听力已退化到我要扯着嗓子喊话你才能勉强听清。岁月残忍地让我们有了隔阂，我尽情地享用着你的宠爱甚至溺爱，却从未为你分担过哪怕一丝一毫的痛苦。

后来举世皆成太平，你终于得以一粥一饭安守岁月。没料到大姑却因病去世，家里人瞒了你很久，但终究瞒不过。那时你住在乡下的小姑家，不知怎么发泄悲伤，只好在漫长的田埂上一直走一直走，眼泪倾盆，不知归处。

隔了一段时间我去看你，只见你的头发像打了霜，短短几天便白了一大片。人们都说，最痛苦的事情莫过于白发人送黑发人。很少聊起过去的你絮絮叨叨地跟我说：“我大女儿跟着我这个娘不知受了多少苦，刚等来好日子却又没有福分享受……”

在你心里，子女如山。你用半生辛劳拉扯着他们成人成家，又用另外的半生忧心他们是否日日康健。

小时候总期盼着长大，赚钱给你买好吃的、好穿的。如今我终于长大了，可你却年复一年穿着同样的旧衣服，别人探望时送的特产你要留几个月给我，每次见到我都忙不迭地做饭，亲眼看着我将满满的两碗粥喝下去之后才肯放心。

我多么想你再自私一点，不要再惦记这些日日忙于工作的子女，也不要再惦记这些远走高飞，甚少回来看你的孙子、孙女。

可那怎么可能呢？逢年过节，你仍然一天一天数着日子盼望孙子们归来。表姐远嫁，你站在起风的路口看着她坐的车子在尘土里走远。你怕有生之年再也无法见到她，站在寒风中望着早已不见车影、人影的路口涕泗横流。

你如今仍在日日忧心，即便你从不能听清电话里说的是什么，也看不清电脑和手机屏幕里他们新上传的照片，但你仍然费劲地想从旁人只言片语里揣测一些孙儿们的近况，以慰心安。

4.

我怕你离开我。

这几年爷爷、外婆相继去世，再加上你越来越频繁地生病，我开始陷入了一种前所未有的恐慌。这半年太忙，我很久没见到你，偶尔做梦，梦见你不在了，呜咽着醒来，梦里的绝望仍然在捶打着心脏，黑夜里失声痛哭。

我想起我小时候，有一段时间经常生病。一个早晨，你坐在床沿发呆，我问你怎么了。你说做噩梦了，梦见有人要抢走我，你拼了命才把我夺回来，结果回家的路不知为何洒满了玻璃碴。你光脚抱着我，走啊走啊，走得满脚是血，可是怀里的我却怎么也叫不醒……

我也常常梦见更小的时候。你还没有那么多白发，用很亮的声音喊我的名字，坐一辆破旧的巴士带着我远行。路边是青翠的山野，你的双手环抱着我，温暖的下巴抵在我的发间，笑声飘得又高又远。

我知道死亡是命定的终点，世间众生皆无法逃脱。可我不知要用多久才能习惯一个没有你的世界。在这个世界上，谁能够代替你呢？代替你对我的宠爱深爱甚至溺爱，代替你逐渐混浊的嗓音和斑驳花白的头发，代替你永远温暖的怀抱和仿若含泪的眼神。谁能够代替你呢？代替你最深沉无私最不求回报的爱意。或者是，仅仅代替“奶奶”——这个如此温暖足以让冬日寒冰融化的称谓。

以后，换我来守护你吧。

Part 4

有一种美好叫闺密

伊心

是只有她知道，你灵魂的重量。

是只有你明白，她那一瞬间的悲哀或欢愉是为何。

是她让你变成更好的人。

1.

前段时间重温了两部关于闺密的电影，一部是美国的《牛仔裤的夏天》，原名叫“The Sisterhood of the Traveling Pants”。若说“sisterhood”，另一部韩国电影《阳光姐妹淘》述说七个姑娘组成的小团体那场跨越了二十五年的sisterhood，看起来更不朽和传奇。

但看着那些让人心惊胆战的校园暴力、女生群挑带来的难以愈合的伤痛，我还是更喜欢《牛仔裤的夏天》里那些虽然微妙但直抵人心的温柔细节。

于大部分在平静校园中长大的我们而言，闺密应该不是时不时地打群架、校园阴暗角落里为彼此两肋插刀吧。而更像是《牛仔裤的夏天》里彼此简短又温暖的信，坐在地板上一起打开膨化食品包装袋时“嘭”的轻响，闹别扭后愤愤然转身没几天又和好如初的小情绪，还有推推攘攘、大笑大叫着走在路上的热闹和烟火气。

一晃二十多年，闺密必定是每一个成长阶段里必不可少的一部分。原本是陌生人的我们当然也不是一开始就熟稔起来的，但总有妙不可言的契机。放学回家走的路是相同的方向，坐前后座难免会在下课时展开一段聊天，体育课打排球恰好被分到了一个组，甚至总是不约而同地坐在食堂的某个角落。

从萝莉到学姐再到阿姨，人生中永远不变的事情便是身后总有至少一个相同的萝莉、学姐和阿姨，让你时时刻刻有机会和她们一起吐槽从小学到大学、从象牙塔到名利场里痴迷又哀伤的一切，或者一起期待一个正太、学长和大叔闪闪发光地大驾光临。

漫漫人生路，很多热闹和繁华背后，导演和编剧是你们，甚至主角和配角也一并兼任。

难怪范范唱“我们一个像夏天一个像秋天，却总能把冬天变成了春天”。

难怪S·H·E唱“朋友，姐妹，都已不够来形容，我们的默契骄傲、扶持与包容”。

难怪梁静茹唱“在我生命里，你不曾告别也不曾远离”。

2.

我最好的闺密是小煜。她和我是大学同学，住对门宿舍。但是直到大三上学期我们才开始成为好朋友。起因也很简单，不过是偶然的一次聊天，发现同读金融学的我们一个更想学历史、一个更想学中文。然后又发现我们都喜欢三毛、龙应台、安房直子、米兰·昆德拉、《生活大爆炸》，后来便顺理成章地成了朋友。

小煜最敬重的人是她的高中历史老师。因为她是返聘教师，在学校里德高望重，又对学生无比慈爱，所以小煜她们同学都很亲切地称呼她“老太太”。一个周末下午，我陪小煜一起去看她。春日融融，相谈甚欢，最后问到我们对未来的规划时，她突然说了一句：“孩子们，重要的不是你身在何处，而是你要往何处走。”

我至今都记得她温柔的眼睛，声音不大，但却像雷声一样在我心里回荡。回去之后我把那句话写在日记本的首页，像一个郑重其事的宣誓。后来我考研小煜准备出国，在无数难挨的日子里，每次与这句宣誓的凝望都能支撑我们举步维艰、摇摇欲坠的路程。在之后的几年里，每逢要做选择，我也总会想起这句意味深长的话语。是那简单的两句话，和那声语重心长的“孩子们”，让我觉得老太太一直注视着我，告诉我即使身处再贫瘠的环境中，都不能丢失心底根深蒂固的愿望，更不能黯淡那束眺望远方的目光。

《1Q84》中，村上春树写了青豆和她此生唯一的挚友大冢环，每次读起都让人怆然欲泣。青豆小学毕业便与家庭决裂，而大冢环家庭富有但父母离异，未曾从家庭中获得过一丝温暖。她们在大学的棒球队里相遇，从此相依为命。大冢环不仅慰藉了青豆孤独的灵魂，还教给了她种种必要的社会技能。甚至她离去之后，青豆仍然感觉她还在自己的血肉之中生生不息。

虽然我们都健康地成长于平和完整的家庭，但是小煜给我带来的改变，和大冢环对青豆带来的改变如此相似。

她英语很好，复习 GMAT 的时候带我上词汇课，从那之后我的词汇量突飞猛进。她的古筝造诣颇深，我那一丁点音乐知识几乎全部来自于她。她带我见识了各种时装品牌，教我化妆、护肤、穿衣、健身。她和我一起读卡夫卡、加缪、博尔赫斯，给我讲了无数个我闻所未闻的历史故事。

她去美国之后，在北卡罗来纳读书，跟我讲她住的城市夏洛特，夏季的台风草地上的松鼠和点缀在森林里的小教堂，讲她终于去了捷克，走进了我们在图书馆翻过好多遍的图文书《你的萨宾娜，我的卡夫卡》里的风景，讲她在东京看到了一整片炫目的灯火。

所以我多么感谢她。因为她，我在原本孤独寻找的路途上有了如影随形的旅伴。也是因为她，因为她让我认识的人，因为她让我阅读的书，我开始迅速地成长起来，推开了一扇更深刻和清醒的大门。

我想再也没有第二个人像她一样了，陪我在树荫下等暗恋的男生走过，坐在走廊的窗台上一边吃薯片，一边给我讲《十日谈》里的每一个故事，给我打半宿的越洋电话，让从来没有出过国的我，借着她的眼睛，看到了全世界的光。

当然了，我们仍然不同。

比如她宁死不看村上春树的书，虽然我已经给她推荐了一万遍。但是村上春树出了新书《当我谈跑步时，我谈些什么》时，她第一时间便买给了我。

比如我有时候受不了她常常说话口无遮拦、让人无故躺枪的怪脾气。但是当别人当着我的面这样说她时，我忍不住就要顶几句为她辩驳。

我多么庆幸，能在茫茫人海中遇到另一个自己。

是只有她知道，你灵魂的重量。

是只有你明白，她那一瞬间的悲哀或欢愉是为何。

是她让你变成更好的人。

小时候看电视剧《十七岁不哭》，讲一群高一孩子的成长故事。其中一集的画外音印象特别深刻，大意就是，长大了我们才能分辨玩伴和朋友的区别。

可我觉得，从玩伴到朋友，那不是一种分辨，不是一种选择，而是更为珍贵和美好的遇见。我的闺密里不止有小煜，还有在成长中各个阶段出现、自那之后再也没离开的姑娘们。相比“闺密”这个柔软的称呼，我们其实更像是战友，冲锋陷阵，轮流挂彩，在泥泞的战壕里边擦拭伤口边相视而笑。或者，我们更像是彼此残酷青春里的镇定剂。失恋时抱头痛哭，考试前互相加油，手拉手走过孤独的原野或寒冬的雪峰，在满目疮痍过后见证着彼此或微弱或灿烂的荣光。

愿天下所有的闺密都一起成长，一直深爱。

宇宙洪荒，来日方长，我仍然需要你和我一起，被写入同一支序曲。将放肆的热情燃烬，白发苍苍之时躺在摇椅上，就着西沉斜阳，将半生的回忆泡一壶茶香。

Part 5

找一个温暖的人，过一生

我始终相信缘分，相信爱情，经历那么多之后，遇到一个人，反而会更加相信爱情，更加懂得珍惜。其实爱人，就像家人，家人也有这样那样的缺点，有时候我们会生气，会讨厌，但是到最后，都会化解，因为那是家人。经历那么多，现在终于遇到，就觉得，是不是上天的安排，让大家彼此分开，各自过之前的生活、走之前的路，经历之前所有种种，长大变成熟，然后穿越重重人海，与这个对的人，在对的时间，相拥，相爱。

Part 5

并不是孤岛

陈亚豪

一个人是一座孤岛。

可我们谁都不是一个人，与生俱来地被人爱着。

天气渐渐转凉，每日忙碌的你无暇顾及温度的变化仍然穿着一件夏日的T恤。今天你被公司里的领导训斥了，因为工作中一个小小的疏忽，你只是无意犯了一个小马虎，昨天晚上你加班熬到半夜两点，终于抵挡不住疲倦趴在桌子上便昏昏沉沉地睡着了，所以白天的你无论如何集中注意力脑子还是一片混沌，你已经很努力了，可错还是错了，优胜劣汰的现实社会没有人关心过程，大家注重的只是结果，你心里委屈，可只得缄默不语。

你感到如今的这份工作让自己日渐疲惫，离自己梦想中的生活相差甚远，同事之间相处在一个屋檐下，每日微笑着点头问好，那些最近的人离你不足两米，可你身在人群之中，却依然感到内心清晰的孤独。你已经慢慢学会把所有情绪藏在心里，嘴上不说出来，连眼睛里也不许透露出一丝。

你并不脆弱也不悲观，你只是想要有个人能走过来轻声问一句“还好吗”，哪怕只是一句没有感情的寒暄。

下班回家的路上，天空下起了淅沥小雨，阵阵阴凉的风迎面吹来，你双手插进裤兜，打了一个寒战，心里没有多少情绪，只是如何也暖不起来。你走到站牌下，无意间和旁边陌生阿姨的眼神撞到了一起。你本想躲开，可阿姨却对你相视一笑，嘴角扬出弧度，眼睛眯成了一条细线，“小伙子，天凉了，可得多穿点呀”。你有些慌了神，赶忙点头道声谢谢，鼻子却不知为何一阵酸楚，心里袭进一股暖流，连手脚也跟着热乎了起来。你已经习惯在忙忙碌碌中擦肩而过，早已忘记了对陌生人微笑，可也许正是在这个鳞次栉比的钢铁都市中，来自陌生人的温柔被神奇地以数倍放大，一个眼神、一句只言片语便能给你维持一天的温热。

那些不明朗的阴霾好像被落下的雨水冲走了。**人，也许总是容易获得感动的；再冰冷的心，也会向往着带有热量的事物。**

那年学校里的课程越来越紧，你感到越发地吃力，社团也到了新学期竞选的时间，你曾经默默付出了无数汗水最后却将荣誉拱手让给了他人，你暗自懊恼着自己的有心无力，可当站在阳光下时，你依然以光鲜示人。你喜欢逞强，喜欢昂起头永远表现出一副毫不费力的姿态，你从不愿让人看到你油头垢面的努力和灰头土脸的失落。

你就是这样一个不愿将内心疮痍坦白的人，总是故作强者，便也剥夺了自己被安慰的资格。

自己选的路，摇摇晃晃淌着泪也要走完，逞强的开始也便意味着如何也要以坚强的姿态走完。

不巧的是，你和恋人最近也走到了感情的低谷，你们在一起时总是以沉默面对彼此，可你们都不知道对方在心里说了多少话，你们总是以高冷和无所谓不欢而散，可心里却都彩排了无数次相拥的情景。

你想找人说说话，可是大家都很忙，即便找到了说话的人，你的脑海里又像突然断了弦，支支吾吾说不出个所以然。你知道，谁的心里没有点苦闷和彷徨，那些不快乐的、不明亮的事物，吐出来晒在阳光下也还是灰暗，埋藏在心里，时间久了也许会开出向阳的花。

人和人之间，无论看似如何亲昵，两颗心好似都隔着一条或宽或深的河流，难以泅渡，感同身受永远比不上冷暖自知。

就是这样，人们一边渴望着拥抱，一边又享受着孤单；一边憧憬着贴近彼此，一边又亲手划开距离。

回到宿舍，你准备像平常一样上会儿网、看部电影，然后上床睡觉。黎明的到来不一定能给人希望，但总是能抹去昨日的昏暗。

同屋和邻舍的好友突然走过来拍了拍你的肩膀："走，喝酒唱歌去，快点，别磨叽！"身心疲倦的你本毫无心情再去折腾，可你看着他们那一副开心到欠抽的表情不知为何心里也跟着透亮起来，你摆出一副不情愿的表情，却情不自禁地跟着他们的脚步出了门。

那一晚，你没有对任何人诉说心里的烦闷，也没有人过来关怀地询问你。可是也许爱你和懂你的人总是能穿过瞳孔中看到你的心房，无论你带上几层面具，他们总是能轻易地洞穿你的伪装，他们半开玩笑半认真地逗你开心，无厘头地唱起了《西游降魔篇》里的儿歌："孩子，孩子，为什么你这么悲伤，孩子，孩子，为什么你这么苦闷，学会做好小孩，相亲相爱，关怀就在心中，充满色彩……"

那个平日里和你并不是多么热乎的人突然跑过来搂住你的肩膀："我们都在呢。"

有些人，就是喜欢故作坚强，掩盖悲伤，以为自己是天生的情绪魔术师。有些人，就是喜欢故作二傻，隐藏温情，却以他们自己的方式默默爱着你。你不会觉到肉麻，他也不会感到羞涩，可是在一起的时候，周围的温度却会骤然上升。

上个月，你终于鼓起勇气对父母说出了自己心底的梦想，你坦白了自己对当下生活的厌倦，这是在浪费青春，流逝年华，你要去追寻自己的人生。

你第一次真诚地向他们摊开心扉，可换来的却是说教和谩骂，他们和那些没有梦想的成年人指出的道路一样，考研，考公务员，出国修学历，挤破脑袋拿到国企或事业单位的稳定工作。他们说你才是不懂得珍惜年华，他们说你才是不懂什么是人生，他们说你太不成熟。

亲情有时就像一颗温软的子弹，以爱的名义与堂皇渐渐穿进你的体内，然后以麻痹的方式将你束手无策地扼杀。

你无从抵抗也无法挣脱，因为他们的束缚皆是以伟大的爱为理由，这个世上，所有以爱为借口的强加和施压，都是最难以反抗。

你嘶喊着他们一点都不理解你，他们怒斥着，为什么你就不能理解他们一次。

当被流淌着同样血液的亲人不理解时，心里才会是感到彻头彻尾的孤寂和无助吧。连他们都不能理解我，即便有再多人同行也依然形同孤身。

昨天的你，在工作中受了挫，抑或在学业中碰了墙，也或许在爱情中受了伤，你拖着破碎的心和逞强的脸回到家中。家，总是有一种说不明的氛围，会让你立刻脱下盔甲，卸下伪装。就像儿时在学校被老师冤枉受了委屈，在路上挨了大孩子的欺负，憋屈又倔强的你昂着头、挺着胸推开家门，看到爸妈的那一刻，泪水便失去控制般涌进眼眶打转，所有在外的坚强和逞能，所有家门外的威风，顷刻间散尽，剩下的只是一个会哭鼻子的孩子。无论成长到怎样的年龄，无论经历多少人世间的风霜，无论脸上写满了多少岁月的沧桑，回到家里的那一刻，你还是会不争气地变回那个幼时的孩子。

妈妈知道你长大了，厌倦啰啰唆唆的话语，便穿上围裙走进厨房，年迈的她手脚已经没有过去那般利索，忙了一头汗为你端上了你最爱吃的饭菜。爸爸也不像小时候那般威严了，和你像老朋友般谈论着心里的苦闷，你已经不是孩子了，他说出的那些道理你早已谙熟于心，可当这些话语从他的口中说出时，却莫名地给了你很多释怀和力量。

你吃着妈妈亲手做的饭菜，听着他们为了安慰你争相发言，两个挺大的人为了彼此的意见互相争论。你的疲倦、悲苦、无助，一时间被灌满了爱的热量，从体内蒸发。

无论你懂事或叛逆，光鲜或暗淡，家和亲人，都像一棵根扎在土壤里的大树，随时等着你回来为你遮蔽风雨，挡住烈阳。他们永远是等着你回来休息的港湾。

想起前些天看的一部电影，死去的父亲的魂魄和孤单的儿子在沙滩坐着聊天，儿子对父亲说：“我不想结婚成家，有了家庭后就像被拴住了一样。”父亲挺着肚皮说：“我喜欢家，一个家，三个人，动力就是三倍呢！”“可是累也是三倍啊！”儿子呐喊道。

“那就再生一个好了，这样动力就是四倍了！”

“你是不是傻啊，那累不也就是四倍了吗？”

“嘿嘿嘿，那就再生一个！”

“家人，是他们给你累，给你束缚，可也是他们在你最无助的时候给你关怀和爱。是他们在每个醒来的清晨，笑着对你说加油。”父亲看着儿子说。

在亲情中，也许我们都是一边被不理解和禁锢着，可终不得不承认，我们也在一边被理解和爱护着。只是那些爱太过熟悉，习惯到被我们肆无忌惮地消耗和忘记。

人活在这个世上，都会逐渐被不同形态的孤独所侵蚀。每个人出生时就像是一张白纸，孩童和年少时代，这张白纸上的字迹和画卷不会太过繁复，可以清晰地看到彼此纸上的字画，慢慢了解和懂得。可是随着长大和经历，每个人都会不可逃脱地成为有故事的人，白纸上的字数和画幅也会随年轮增多，以至写满整篇纸页后还要继续纵横叠加。到最后，连我们自己都看不懂这张纸页上所记下的话语和画卷，更何况是他人？

人的一生，注定是一场孤单的旅途，肉体在同行，可灵魂只能独旅。这世间本就是一个巨大的孤儿院。

也许孤独可以浸没一切，可永远遮蔽不住那些苍白又深邃的爱。

你有没有想过，你笑的时候在你看不到的某个地方也许有人正在因你的笑声而开怀，你悲伤的时候在某个角落也许有人正在因你的悲伤而凄凉。你确实会常常感到孤独，可是在你的身后，在你目不能及的那些平行时空里，也许有着很多默默爱着你的人，那些从不开口却始终关注你点滴的人，那些像你一样喜欢逞强却总是悄悄关心着你冷暖的人。

人，总是喜欢在一个距离外，爱着他们最爱的人。

前天一个女孩发来短信告诉我，她要结婚了。她幼时父母离异，母亲再嫁，父亲再婚，童年和青春，都在流离和疏远中度过，可她在过去的日子里，QQ 上的签名总是写着一句“爱我的那个人，我知道你在等着遇见我”。

那些曾经孤寂无依的岁月，最终化成一个大大的礼物来拥抱她。

爱你的那个人，在等着遇见你。

一个人是一座孤岛。

可我们谁都不是一个人，与生俱来地被人爱着。

被温暖的陌生人，被不善言辞的同伴，被固执的亲人，被那些不让你看到的傻瓜，被那个在未来时空等着你的人。

Part 5

穿越人海，与你相拥相爱

倾心蓝田

经历之前所有种种，长大变成熟，然后穿越重重人海，与这个对的人，在对的时间，相拥，相爱。

年少的时候，不懂爱情，以为爱一个人就是要耗尽所有体力、花尽所有心思。每一次吵架、分歧，都要通过大吵大闹，直到歇斯底里到彼此都觉得累了、倦了。再加上那时年少，于是任性、赌气，都可能结束一段感情。再有就是，有人说，年少时期的爱情，都只是爱自己。所以好多时候，感到委屈，觉得凭什么我要忍受你这样，分手吧，日后会遇到一个懂我、宠我、爱我的人，于是轻易放弃一段感情。可过了几年后，再恋爱，发现少了一份想要在一起的冲动，而多了一份“我和他在一起很合适”的理由。于是分手恋爱，恋爱分手，直到有天发现，这样的爱情不是自己想要的，一辈子那么长，只是单纯靠合适就在一起，未来日子太难熬，于是自己一个人过，走走停停，活在自己的小世界里。

又过了一段时间，遇到一个人，你发现自己的内心不知道从什么时候开始，又变得柔软了。和他在一起，你不需要掩饰什么，开心就笑得露出嚼牙也不怕，难过的时候，也可以确确实实地感到胸口一阵痛，心也在抽搐，你自问，这是怎么了？是爱情吗？**原来长大之后，还是拥有爱与被爱的能力**，回想自己曾经多少次自嘲说已经爱无能，而此时的笑和痛，又提醒着你，你爱他。

当下的爱情已经不比年少时的爱情来得纯真浪漫，你们不再需要很久的时间去试探彼此，也不需要用很长的时间去打动彼此，甚至免去了小惊喜，省去了追求的步骤，直接跳过一切，在一起了。不会再像年少时那样彼此花费心思去想一个独一无二的昵称，而是随便想一个称呼，只因为是他喊出来的，就变得独一无二。出去逛街，有车时他总能把你适时地拉到怀里，而他却不会在很多人的面前演出只为求你感动，蹲下给你系鞋带的烂大街戏码，那些小动作，都变成了由心而发，而不是刻意而为之。虽然少了当初那份纯真浪漫，但是你却也惊讶地发现，你很享受于当下的这种踏实与平淡。

你依然任性，去海边吵闹着要他扛起你，在地铁里依偎着的时候小声说求抱抱，分开的时候习惯性地亲吻作别。相比年少，也变得更加容忍、有担当，明白了未来的路，你们既是恋人，又是合作伙伴，生活中那么多的事，并不是所有都要靠男人来完成，于是某些方面变得强势、变得专业，以至于有时候解决问题，是你带着他去，他参与就好。而这些事其实细想下来，即使是你在领导，他在参与，你也很开心，因为你明白，这些没有你不行，没有他更完不成，而他也从心里感谢你。你开玩笑说你们都是强者，强强联合，生活才会更有质量。

你们一起期待未来的生活，你说自己想要一套超棒的家庭影院，他说没问题啊。你们一起幻想未来，他的计划里有你，而你的计划里也有他。出去办事，平时生活，都坚持一荣俱荣、一损俱损原则。偶尔吵架，但是都能很快冷静，彼此耐心去解决问题。也会哭，但是每次一方哭了，另一个就会心疼，变得柔软起来，说“好了，都是我不对”，“这个是我错了，我不对”，也不再像年少的时候那样，只是为了道歉为了认错而认错，而是仔细想为何对方会这么难过，以后一定避免。

你说自己好想要一只大狗，他说能养个小的吗？你说小的太没劲了，大的才有意思。后来偶然的机会，你们真的养了一条狗。名字是你们一起起的，有着你们特有的意义。你做饭，他逗狗，他看着小狗一扭一扭地走过来，再看他，眉毛弯下来，嘴角上扬，一脸孩子气地蹲在地上说，真好玩。那一刻你感觉心都要化了，不是狗狗太萌，而是面前这个男人，总能让你很意外，突然觉得，原来这个大男生，骨子里，也有很小孩的一面。

他给你他能力范围内的所有，你也做到最大的包容。你跟他说你知道吗？我爱你的时候，想要给你写 N 多字的情书，而你惹我的时候，我又想要你写 N+M 多字的检讨。后来想想，**爱情可不就是这副模样，纠结着爱与恨，伴随着笑声与泪水。**

慢慢地融入彼此的生活圈子、朋友圈子、家庭圈子，你们非常确定，吵架是正常的，因为彼此相爱，所以吵架总也吵不散，但是也理智地告诉自己，为了不让对方难过，自己要有更多耐心，要更多去包容和忍让。未来的路还远，生活压力很大，你们都不怕，因为你们坚信，在一起，没什么不能解决的。

我始终相信缘分，相信爱情，经历那么多之后，遇到一个人，反而会更加相信爱情，更加懂得珍惜。我和他说，其实爱人，就像家人，家人也有这样那样的缺点，有时候我们会生气，会讨厌，但是到最后，都会化解，因为那是家人。男女朋友也是一样，成熟之后，相爱了，选择了彼此，就要对对方认真对待，即使有不满，也要说出来，让对方改进变得更好，而不是轻易放弃，因为这是未来的家人。经历那么多，现在终于遇到，就觉得，是不是上天的安排，让大家彼此分开，各自过之前的生活、走之前的路，经历之前所有种种，长大变成熟，然后穿越重重人海，与这个对的人，在对的时间，相拥，相爱。

Part 5

挺住意味着一切

宋小君

女朋友离开你，那是因为你还没有足够努力，去把自己变成更好的人。

嘿，小子：

很抱歉在这个时候与你在街头相遇。

此刻你正走在人群中，哭得像个孩子。

对不起，我只能看着你，我不能安慰你，没有人能安慰你。

我知道你刚刚接到一通电话，电话那端，你可爱的女朋友跟你说，我们到此结束。就好像你们的恋情是一辆在马路上疾驰的汽车，你刚刚进入状态，还在畅想着未来，她就直接拉了手刹，把你的豪情壮志直接憋死在发动机里，让你有一种撕心裂肺的疼痛感。

我也知道，你告别校园，孤身一人来到魔都，周围没有一个朋友，没有一个同学，没有一个熟悉的面孔，你只有你自己。

作为Fresh man，你专业不对口，你什么都不会，你只能从头学起。你战战兢兢地在公司打杂，恨不得记下老板说的每一句话。你越是害怕出差错，就越是容易出差错。你每天早上第一个打卡，每天晚上最后一个离开公司。你害怕被人瞧不起，你想尽快上手，你只能把所有的时间和精力都放在工作上。

工作第一个月，你瘦了十斤。

你月薪只有三千五百块，税后三千块，其中房租一千块。你早饭只敢花两块钱买手抓饼，午饭和晚饭只吃不超过十五块的兰州拉面。

即便这样，去掉交通费、网费、电话费……你的工资所剩无几，每个月20号你钱包已经告急，等着盼着发工资，好犒劳自己一顿，吃一份多加牛肉的拉面。

周末，你拒绝了姑娘去咖啡馆坐坐的邀约，不是你不想泡她，而是你心疼那杯二十五块的咖啡。

你尽可能地逃避所有的聚餐，不是你不合群，而是舍不得人均五十块、就像抢钱似的一顿晚餐。

加班到深夜，你打车回去，一路上忐忑地盯着计价器，又要躲避司机轻蔑的眼神，计价器每跳动一下，你的心就跟着抽搐一下。

你忍不住问自己，连车都打不起的人，有什么资格谈论理想？

你在这个城市物质层面上活得没有尊严，你出了校门，第一次意识到钱的重要性。直到女朋友和你说了分手，你觉得在精神层面上，你也变成了弱势群体。

晚上，你蜷缩在十平米、没有窗户的出租屋里，绝望得像一条发情期找不到伴侣的狗。

我懂你。

你在为你的未来而担忧，你在为你睾丸里储量丰富的精子失去了挚爱的归宿而担忧。

生活似乎对你露出了獠牙，让你懂得那些看起来像是乳房的道路实际上是吞噬梦想和尊严的沟壑。

你每年工资的涨幅是10%，而这个城市房价的涨幅让你目瞪口呆。终你一生，你的工资只是和房价进行龟兔赛跑。

你想跟女朋友在大城市买一栋房子，安一个家，在这里有一张可以安睡的床。

对不起，这只是一个不切实际的梦，你永远跑不赢通货膨胀。

毕业之后，你本可以在老家过得安安稳稳，你可以有车有房，在老爸老妈给你打好的基础上，轻轻松松地活着。

可是你偏偏年少气盛，被一种叫作“理想”的东西迷住了心窍，你眼里看不到生活里真实的困难，你把一切想象得都过于美好。你唱着“管他山高水又深，也不能阻挡我奔前程”，你踌躇满志，觉得自有理想的少年天下无敌。

直到这个时刻。

你终于开始怀疑。你开始怀疑自己，怀疑自己的能力，怀疑自己来这里的目的。

从相信一切，变成怀疑一切。

你陷入孤独，深邃得就像是黑洞般的孤独。

你不能告诉父母你过得不好，每次打电话你都强颜欢笑。

你害怕周五，因为周五之后就是周末，周末就意味着你要一个人过两天。

你不敢出门，你害怕花钱，你害怕被人瞧不起。

这段日子，你尤其害怕一个人。你唱“为何要有周末，强迫我没事做，时间一旦变多，就会有空想起寂寞”。

你以前觉得一个大男人说寂寞、说孤独真是矫情。

现在你比谁都矫情，你听到情歌都落泪，好像所有的情歌都是在嘲笑你。

你看着马路上飞驰而过、引擎轰鸣的跑车竖起了中指。

你想大声质问，这些富二代为什么就能不劳而获？为什么他们能开跑车，你却只能挤地铁？为什么他们夜夜泡妞，你却只能天天泡面？为什么人家穿阿玛尼，我却只能穿地摊货？你本来就一无所有，为什么连你唯一的女朋友也要离开你？

你觉得这一切不公平。

你觉得命运在戏弄你。

你想要逃离这里，回到你的家乡，找一份说得过去的工作，过上虽然波澜不惊但足够体面的生活。

你生活在二三线城市的同学，都已经买房了，结婚了，儿子都已经骑在脖子上撒尿了。

你呢？

你工资少得可怜，银行没有积蓄，你能养活自己、不找父母要钱、不当啃老族已经谢天谢地了，过年回家你甚至拿不出几千块钱孝敬父母。

你越想越生气。

你二十多岁，在这个到处都是奢侈品的城市里一次性地燃烧自己美好青春，到底是为了什么？

你穿着内裤，躺在床上，生平第一次抽了一根烟，你把烟屁股摁灭在垃圾桶里，然后你决定了。

第二天，你拖着行李步履沉重地走到火车站，买了一张离现在这个时间最近的车票，你恨不得像风一样快地飞回你的家乡。把曾经的理想、失恋的苦闷、生活的不如意都遗弃在大城市的柏油路上。

你走到检票口，看着手里的车票，猛地想起你坐绿皮火车从学校来到魔都的那二十个小时。那时候你想过有一天你会像一条战败的狗一样，逃离这里吗？那时候你哪怕有一秒怀疑过你像个孤胆英雄一样去往大城市奋斗的目的吗？

你没有。

那时候，你心里有光，你什么都不怕，你渴望着心里的光照亮你前行的路。你常挂在嘴边的一句话是，年轻就是资本，输也输得漂亮。

你坐在火车上，吃着一碗泡面，看着玻璃窗外不断后退的树木，你仿佛看到了未来的模样，精彩得就像是小时候的连环画，就像是青春期看到的毛片，就像是第一次看到姑娘的胸脯。

你觉得真过瘾，这才是一个爷们儿应该做的事，你想起童年时的那首歌，青春不就是用来赌明天的吗？

所有的心灵鸡汤都在呐喊着别忘了你为什么出发。

那现在呢？

你被生活打败了？

你被前女友的一通分手电话击溃了？

你被大城市里高富帅跑车的轰鸣声吓尿了？

此刻一脸胡茬、站在检票口准备逃走、不敢回头看这个城市一眼的失败者还是你吗？

你怕了？

你还记得你最初的梦想吗？

你觉得自己被当头打了一棒，你猛地停住了，你握紧了手里的车票，愤怒转身，推开人群，夺路而逃。

你耳边又响起了激励你无数次的歌声，“拍拍身上的灰尘，振作疲惫的精神”。

你决定了，去他的，留下来。

年轻就是资本，输也要输得漂亮。

你对自己说，生活哪有什么胜利可言，挺住就意味着一切。

你要回到这个伤害你的城市，双手擎起你坚硬的理想，就像小时候无数次擎起你的小鸡鸡对天撒尿一样，你要振作起来，重新积蓄力量，准备迎接生活下一次的迎头痛击。

那些困扰你的问题，你突然间找到了答案。

富二代那是老天赏饭吃，哪里值得你羡慕？

工资低只能说明你懒惰、认命，没有把自己逼到非上进不可的悬崖边上。

女朋友离开你，那是因为你还没有足够努力，去把自己变成更好的人。

你说，只能我抛弃这个城市，不能让这个城市抛弃我。

即便很多人都喊着逃离北上广，你也不能走，你不能就这样走。

这才叫牛 ×。

三年后，我很庆幸，因为你——三年前的自己，挺住了一切，才有了现在沾沾自喜的我，并且一步一步越来越接近最初的理想，就好像上学时一心想要接近班里最美的姑娘。

因为你的坚挺、你的明明已经体无完肤但还是拼命死扛，让我无数次想要放弃的时候，都会猛抽自己一记耳光，警醒自己，伟大都是熬出来的，不经历生活丧心病狂的虐待，怎么配得上欣喜若狂的成功呢？

我沿着你期望着的未来，带着你留给我的理想，一路狂奔。

路上，被风撕碎了裤衩，被狗咬伤了大腿，被漂亮姑娘射中了膝盖。毫无疑问，这些都只是第一关，前路遥远，还有一大波僵尸即将来袭。

但是，这些都没关系，年少时的自己，就是人生路上最有力量的偶像。偶像给我以力量。

我只要想到，你，一个刚刚从青春期走出来、每个礼拜还梦遗三次的小屁孩都能挺过那些最黑暗的时刻，我要是敢说我不行，猴屁股都会替我脸红。

心中有火，我会永远年轻。

三年后的你

你永远忠诚的宋小君

Part 5

因为你在，才有我最好的年华

沈善书

每个人都想趁海未枯、石未烂之前轰轰烈烈地爱一回，也请你，在最美好的年纪，或者趁有生之年，大胆地去爱一回吧，像懵懂青涩的初恋那般，朝着爱情勇往直前。

他们的爱情，穿越千山，渡过万水，历经考验方能修成正果，得以圆满。

当我们都以为网恋、异地恋不可能的时候，小会和阿宇近两年的网恋、异地恋重新诠释了这一点。小会说，等到阿宇工作稳定了，也许明年就跟他结婚。

小会和男朋友阿宇是通过微信漂流瓶认识。她记得自己正百无聊赖的时候发起一个漂流瓶，问有没有人喜欢看书并且喜欢听苏打绿的歌。刚扔出去没过多久，小会便收到回复，显示一个昵称为“阿宇”的人说他喜欢听苏打绿。而后，两人便加了 QQ，有一搭没一搭地聊了起来。

聊天过程中，阿宇很健谈，即使天各一方也对女生嘘寒问暖，让小会觉得这样的男生还挺靠谱。他们聊了彼此的兴趣、爱好，聊了家乡，聊了想去的地方，也聊了对爱情的看法。后来，阿宇问小会老家是哪儿的，小会说她是江苏人，而阿宇是青岛人，目前在济南上班。小会认识阿宇的那一年，是 2012 年 10 月。

第一天的初次交流后，小会觉得这也许只是普通网友刚刚认识聊天客套往来罢了，不足挂齿，便忙于其他事情，有好几天都没有登 QQ。因为小会是初中毕业，学历不高，但生活中却是正能量小姐，一直努力地变成更加美好、温暖的自己。不过当小会再一次登 QQ 时发现，阿宇给她发了三十多条信息，信息内容除了最开始的询问她怎么不上线外，其他都是早安晚安，以及阿宇对小会的生活提醒，这再次让小会觉得这个阿宇不一般。

小会看见阿宇三十多条留言的那一天，小会和阿宇接了视频，双方都对着视频傻笑，腼腆着没说话。当时阿宇要了小会的手机号码后就立马打电话给她。两人在电话里聊得很投缘，那时候，小会心中笃定了对阿宇的爱慕之意。当小会小女生心思随意乱猜的时候，阿宇在电话那头一字一句认真地说："小会，我喜欢你，等我工作稳定后娶你，好吗？"

小会当时想都没想，便答应了。

这人生道路，我们都会走很久很久，谁都无法预料下一秒会发生什么。每个人都想趁海未枯、石未烂之前轰轰烈烈地爱一回，也请你，在最美好的年纪，或者趁有生之年，大胆地去爱一回吧，像懵懂青涩的初恋那般，朝着爱情勇往直前。

只是，每个人刚开始恋爱的时候，都倾其所有投入进去。有些人爱得异常火热，有些爱得小心翼翼，有些爱得惊天动地，有些则爱得平平淡淡。于我而言，无论是友情还是爱情，细水长流的平淡是最最好的。如若昌盛过后，结局是冷淡甚至陌路，那么刚开始时便不要造势得那么热烈。

其实小会和阿宇的爱情属于平平淡淡的类型。小会知道他和阿宇是网恋，对于未来想都没有想过。她当时想到最多的便是猜忌这样的恋情可能持续不了多久。

也是，两个人匆促恋爱，或许是因为短暂的寂寞需要慰藉，等寂寞期过了,两人便会分道扬镳。然而令小会万万没有想到的是，阿宇不是那个给了她开始便没给结局的男人，阿宇对她的好让她开始黏上了阿宇，甚至离不开每天睡觉前和他打电话。

两人在一起后的每一天，都会聊彼此今日所见所闻，甚至有的时候，阿宇会直播做饭炒菜给小会看。他要让小会知道，他不是花花公子类型的男生，更不可能把他俩的感情仅仅当作是网恋。阿宇要做的事情就是等有能力以及时机成熟的时候，跑到小会所在的城市，风风光光地让小会的爸妈知道，他阿宇是有上进心、努力刻苦的男人。

对于其他网恋、异地恋的男女来说，刚开始时会无话不说，但时间久了，则变得词穷，变得不知所措，开始怀疑这段感情是否正确。

因为爱情太过寻常，所以我们都抱着这一碗没有了还有下一碗的心态，故而肆意挥霍。但是，你别总猜想着陪你过柴米油盐酱醋茶日子的人到底是谁，你要记住身边有一个为你嘘寒问暖的人此刻正在陪伴你。

小会也想过她和阿宇这样谈恋爱到底值不值，在小会看来，这样的感情只是精神上的依靠，或者说是闲暇无聊时有人陪自己说话。小会想要更多的是夜半睡醒后，有人在旁边说“乖乖别怕，我在”；伤心难过时，有肩膀可以依靠；生病输液时，有人陪伴左右；下班后，两个人可以一起买菜做饭，散步看电影。因为这样的感情是具体存在，不会像网恋那般天各一方，很缥缈，犹如雾里看花、水中捞月，看得见，但摸不着，一触即碎。

还好，当小会觉得快要坚持不住看不见未来的时候，阿宇都带着她挺了过来。小会不喜欢阴天，所以阿宇都会查询小会所在城市的天气预报，如果预报明日阴天，那么阿宇会讲故事给小会听。阿宇说，他就是小会的太阳，无论小会在哪儿，都有他温暖光明的照射；小会怕黑，所以每天晚上阿宇都会打电话给小会。阿宇对小会无微不至的付出，也得到了小会贴心入微的反馈。

他们就这样在网上聊着，周围朋友都劝他们好聚好散，因为大家知道这样的恋爱没结果。然而他们这一路上还是挺了过来。

只是忽然有一次，小会突然对阿宇断了联系。

有好几天阿宇都联系不上小会，她的 QQ 下线，手机关机，微信既不回复信息也没更新动态，当时阿宇忐忑得很，他猜想小会到底是怎么了？如果说要分手的话至少会给他明示，但他们一直都好好的，如今怎么突然断了联系？阿宇想到了各种可能发生的意外。

无奈之下，他打电话给小会的妈妈才得知，小会在凌晨突然咳血，住院检查发现得了肺结核，全家人伤心难过。阿宇在电话里安慰小会的妈妈，并让小会的妈妈不要告诉小会的爸爸自己打过她电话，因为小会的爸爸反对小会和阿宇在一起，觉得不靠谱。

小会生病了，阿宇也焦躁难安。经过反复思考，他悄悄地从济南坐车到江苏找小会。他俩第一次见面的那天，是 2013 年的中秋节。阿宇带了自己在济南时记录生活的日记本给小会看，小会感动得哭了，小会的妈妈也哭了。倒是小会的爸爸一直沉默着。两人见面后说了好长时间的话，后来小会的爸爸说要带着阿宇去找宾馆住宿便打断了他们说话。路上，小会的爸爸和阿宇交谈了很多，也是那一次，小会的爸爸接受了阿宇。

后来的三天时间里，阿宇一直在医院陪着小会，那时候小会真正地感受到了一股大家庭的温暖。因为阿宇研究生读的是医学，所以他鼓励她，告诉她能战胜病魔。第四天的时候，阿宇回了济南。

阿宇走的时候，对小会说：“等我回来。”

她笑笑说，都等一年了，多等等也无妨。

之后的时间，阿宇总共又去了三次找小会陪伴她。可是，阿宇的家人突然知道了小会生病这件事。他们家人阻拦，不准阿宇和小会再有任何往来。但阿宇不怕，阿宇告诉小会，他自己是学医的，他相信能治好。他说他不会在小会最需要关怀帮助的时候离她而去，小会就是那个可以陪他走过风风雨雨、看遍山山水水的女子。

经过一段时间的治疗，小会的病好了，身体逐渐康复。2014年5月，小会去青岛见了阿宇的父母，阿宇的父母也很喜欢她。如今，小会二十二岁，阿宇二十七岁，这一路上幸亏二人的不离不弃，相扶相携，才战胜了这么多的千难万阻。

你看，他们从网恋开始到见面极少的异地恋都还在毫不犹豫地坚守着，你又有什么理由随随便便轻易地说不要一段感情？如今，他俩虽然是异地恋，但仍在坚守，仍在为两人梦寐以求的未来而努力。

唯愿岁月待她好，许她明媚，予她温暖，怜她坎坷，赠他们一世平安。

Part 5

姑娘，你慢慢来

沐溪

姑娘，你慢慢来。就像这个世界温柔地等待你成长那样，也用这样的姿态去等待一份爱。就这样子，在温柔中不慌不忙地坚强。

一个人单身久了，就变得越来越无懈可击，生活上有足够能力去打理一切，工作上也做得来独当一面，甚至对待感情，也学会了不勉强、不拖拉，拥有的时候理所当然地珍惜，失去的时候也不过是埋头睡觉、拼命吃东西、看书、跑步、听歌，这些外在的表象把自己阴暗的小情绪包裹得光鲜亮丽。留给外人的，就是一副明艳静朗的样子。

这样看来，一个人的日子并没有什么不好。只是偶尔在昏黄的夜里就着路灯暗沉沉的光穿过街道，听着风声的时候，会突然觉得自己是孤独的。那种并不深切的孤独，在黑夜里被放大到足以将人吞噬，逼得你掉下泪来。就是这样的时刻，直面着人性中的脆弱，不能逃避，也无法应付。于是，就会催眠似的告诉自己或许身边有个人就会好些，我们惯常的思维模式就是一个人的孤独被分散到两个人身上，就会显得不那么悲切。

好像是二十岁之后，朋友见面，无可逃避的话题就是追问对方有没有男朋友。一些人艳羡、一些人打趣、一些人捧场，主题是关于男朋友的种种，有男朋友的，从此圆心延伸出该男的相貌、工作、家世；没有男朋友的，保持旁听的姿势，表示自己从没停止过寻找，偶尔会自嘲两句。最后的结论往往是没有男朋友的赶紧加把劲了。一夕之间，**世界上的姑娘，好像就剩下了两种，有男朋友和没男朋友的。**

没有人在意你是否性格温婉、是否大方真诚。他们只会觉得，既然你那么好，为什么没人要？不然就是自恃过高，身边也会出现类似知心姐姐的人灌输给你一些心灵鸡汤，姑娘，你不要太挑剔了，你是什么样的人，就该找个什么样的人。相貌、身高、学历决定了你的层次，又不是天仙似的貌，难不成还要找个潘安来配？

话说到这份儿上，如果你还是冥顽不化，那留了半截的话音里就飘着一句："活该你单身！"

在这样的环境里，你想躲在生活的背后静静地等待一份想要的爱情，好像就是异想天开了。各色人等的眼光告诉你，你不是少女心泛滥导致幻想过多，就是傻到一定份儿上了。关键是谁还没点儿少女心呢，可绝对没有昏聩到分不清现实和梦幻。

即便在现实的世界里七拐八转，也不会想要找个潘安。找他干吗呢？他负责貌美如花，你负责赚钱养家？心理绝对没有强大到如此地步。

说到底，想要的不过是这么一个人。能够收容你落寞的小情绪，不再让你患得患失，即便他不够强大，但足以让你安心；即便他不那么帅气，在你眼里却是百分百地顺眼;即便他不那么宽厚，但足以给你一个臂膀；即便他不够博学，但足以懂你。

这些话，用徐志摩的版本来说，就是“于茫茫人海之中寻找灵魂之唯一伴侣”。再文艺一点，就是“我想要这么一个人，能够陪我在初晴的午后去山上采了一束野菊花，我回头，他的眉眼噙着笑，白衬衫在微风中鼓着凉意，用唇齿间好看的弧度，说着我爱你”。

可是这些话，你埋在心里，不会对人说，因为一说就破了，没有人懂得，那多难堪！**人，终究还是怕极了不被懂得。**

记得很久之前，跟一个朋友聊天，问她想找个什么样的人，她说要找个可以听得懂她说话的。我到现在都能忆起她说这句话时眼睛里星星似的碎光。并且，我始终坚定不移地认为她一定能够找得到这样的人。因为她是那样好的人啊，善良、坚强、自立，给人温暖也予己温暖，跟她说话的时候，就像四月的阳光洒在你身上，暖得心都要化了。这样的姑娘从来就不愁没人爱，她们有足够的能力把自己变得更加美好。如果没有等到想要的人，只是因为他和她有着一定的时差，她的水晶鞋已经穿好，他的南瓜马车还没有来，那么就穿着水晶鞋独自跳一支舞吧，只要踩对了拍子，他就一定合得来。

所以慢慢地等，**要相信岁月给得起你时间。**

不要把这等待看成是消耗时间，它是另一个自我塑造的过程。你努力长成更好的样子，不单单为了某一天可以匹配他人，更是为了让自己活得有姿态。所以那些抱怨自己等了这么多年，依然没有等到喜欢的人的姑娘，请你问问自己，你的时间真的只是为了落在这么一件事上？

当然，身边也不乏这样的姑娘，碍于压力，随随便便找个人把自己打发了，把恋爱当成游戏里的任务来做，最后也只不过是来也匆匆去也匆匆，回头想想一场梦，还要感慨自己为何感情总是不顺。

可是，亲爱的，恋爱不仅仅是为了经历，它更像是一个故事，而你是那个讲故事的人。如果开头没有设定好，人物出场之后，难免会七零八落，骨架撑不起来，结局怎能美好？

绿妖说，**一辈子那么长，要找个有趣的人在一起。**

所以啊，亲爱的姑娘，孤独就是孤独，它不承载任何意义，你熬过去也就好了，说不定就会有那么一天那个穿着白衬衫的男人会来解除你的孤独。

只是在他来之前，要好好地等待，而不是从旁拉一个人，为了那一时的陪伴，在后来的日子把孤独之上叠上孤独。

未来还那么长呢。风景都还没看透，怎知不会陪你看细水长流？

姑娘，你慢慢来。**就像这个世界温柔地等待你成长那样，也用这样的姿态去等待一份爱。**就这样子，在温柔中不慌不忙地坚强。